LE BARBIER

DU

ROI D'ARAGON,

DRAME EN TROIS ACTES, EN PROSE,

PAR

MM. FONTAN, DUPEUTY ET ADER,

MUSIQUE DE M. ALEXANDRE PICCINI.

Représenté sur le théâtre de la Porte-Saint-Martin
le 21 juillet 1832.

Prix : **2** fr. **50** cent.

PARIS.

AMBROISE DUPONT, LIBRAIRE,
RUE VIVIENNE, N° 16.

—

1832

LE BARBIER

DU

ROI D'ARAGON.

IMPRIMERIE DE FÉLIX LOCQUIN,
RUE NOTRE-DAME-DES-VICTOIRES, N° 16.

LE BARBIER

DU

ROI D'ARAGON,

DRAME EN TROIS ACTES, EN PROSE,

PAR

MM. FONTAN, DUPEUTY ET ADER,

MUSIQUE DE M. ALEXANDRE PICCINI.

Représenté sur le théâtre de la Porte-Saint-Martin
le 21 juillet 1832.

Prix : **2** fr. **50** cent.

PARIS.

AMBROISE DUPONT, LIBRAIRE,
RUE VIVIENNE, N° 16.

—

1832

PERSONNAGES.

ALPHONSE, roi d'Aragon,	MM. Lockroy.
PEREZ, son barbier, (au 1er acte sous le nom de GIL),	Frédéric-Lemaître.
TORRENO, muletier,	Delafosse. Chilly,
LE CARDINAL (1),	Provost.
LE CONFESSEUR DU ROI,	Vissot.
Le comte D'AGUILAR,	Auguste Z.
Le marquis DE VILLALBA,	Heret.
MORENA, noble Aragonais,	Davesne.
Un Officier du Palais.	Fonbonne.
PINCHILLA,	MM^{es} Simon.
PAGHITA,	Noblet.

---

(1) Le Cardinal pourra être remplacé par un simple ambassadeur, en
changeant, dans le cours de la pièce, les titres et qualités du person-
nage.

LE BARBIER

DU

ROI D'ARAGON.

ACTE PREMIER.

Une auberge.

SCÈNE PREMIÈRE.

PINCHILLA, *un compte à la main* ; ALPHONSE, *achevant de dîner.*

ALPHONSE, *assis à table.*

Non.... j'accompagnerai la mariée à l'église.... A propos, quel est le futur ?

PINCHILLA.

Le futur ?

ALPHONSE.

Oui, le futur.... je serais charmé de le connaître.

PINCHILLA.

Il se nomme Gil.

ALPHONSE.

Gil... Ce n'est pas un nom.

PINCHILLA.

C'est le sien.

ALPHONSE.

Au reste, Gil ou Pedro, qu'importe! Paghita l'aime-t-elle ?

PINCHILLA, *distraite.*

Plaît-il?

ALPHONSE.

Je vous demande si M. Gil est aimé de Paghita ?

PINCHILLA.

Mais.... oui.... (*A part.*) Que de questions donc!

ALPHONSE.

Je regrette de ne l'avoir pas rencontré une seule fois depuis que
je viens ici, ce M. Gil....

PINCHILLA.

Oh! il ne tardera pas maintenant; ainsi....

ALPHONSE.

Tant mieux.... j'ai hâte de le féliciter sur le choix qu'il a fait....
Mais je vous retiens sans doute.... Vous devez avoir à vous occuper
d'autre chose que de causer avec moi.... A ce soir....

PINCHILLA.

Vous n'avez besoin de rien ?

ALPHONSE.

De rien.

PINCHILLA.

En ce cas, votre servante. (*Elle va ranger quelques tables;
entre dans une chambre de côté.*)

SCÈNE II.

PINCHILLA, *seule.*

Eh bien! est-ce qu'il serait aussi amoureux de ma Paghita, celui-
là.... Mais c'est comme une rage! Hier... c'était le muletier Torreno
qui se jetait à mes genoux en pleurant, et qui me suppliait de ne
point donner ma fille à Gil... Vraiment, j'étais émue de la douleur
de ce pauvre garçon. Élevé avec Paghita, il a dû autrefois être son

'mari, car ils se chérissaient, ces deux enfans.... Mais heureusement Gil ne se doute de rien....; et c'est une faveur du ciel, Jésus! car il est jaloux.... jaloux.... Il n'y a que cela et le mystère dont il s'entoure qui me déplait en lui.... Enfin, il faut espérer que maintenant il ne cachera plus ni son vrai nom, ni son état, ni sa famille.... J'ai déjà cherché à pénétrer son secret : impossible! Si je l'interroge, il pose mystérieusement le doigt sur sa bouche, et je n'ose pas recommencer.

(*Ici on entend le refrain suivant, mais loin encore.*)

Tra , la , la , la , la , la , etc.

Ah! c'est lui.... Le voici qui entre dans la grange.... (*Appelant.*) Eh! Gil ?

GIL, *du dehors.*

Ah! bonjour, mère Pinchilla.

PINCHILLA.

Bonjour, mon cher Gil.... Voulez-vous que j'appelle Juan pour donner de l'avoine à votre cheval ?

GIL, *toujours du dehors.*

Non, non, merci.... Je l'attache seulement, car je ne m'arrête qu'une minute.

SCÈNE III.

PINCHILLA , GIL.

GIL, *entrant en chantant.*

Toi qu'on abhorre,
Despote encore,
Sois tout-puissant ;
La mort t'attend,
Tra , la , la , la , la , la , etc.

PINCHILLA.

On vous jouera un mauvais tour, Gil, si vous chantez cette chanson.

GIL.

Laissez donc, mère Pinchilla, est-ce qu'il y a des espions ici ?

PINCHILLA.

Eh, eh! qui sait?

GIL, riant.

A moins que ce ne soit moi! Ah ça, mère, où est ma fiancée, ma gentille Paghita? que j'emploie le peu d'instans dont je puis disposer pour la voir, lui parler et la presser sur mon cœur.

PINCHILLA.

Ta, ta, ta, ta! comme l'amour vous galope aujourd'hui!

GIL.

Aujourd'hui....? toujours!

PINCHILLA.

Paghita est dans sa chambre; en ce moment elle se pare de ses habits de fiancée, et vous ne pouvez ni la voir, ni lui parler, ni la presser sur votre cœur.

GIL.

Eh bien! alors donnez-moi un verre de vin de Xérès, que je le boive à sa santé, en attendant que je me remette en route.

PINCHILLA.

Et où allez-vous, Gil?

GIL.

Voilà une question à laquelle vous me permettrez de ne pas répondre.... Vite, vite, ce que je vous ai demandé, mère, car je suis pressé.

PINCHILLA.

J'y vais, j'y vais. (A part.) Toujours du mystère. (Elle sort.)

SCÈNE IV.

GIL, seul.

Oui, certes, je suis pressé. Heureusement, grâce à la rapidité de mon cheval andaloux, j'ai gagné près de dix minutes de la ville ici, et le chemin qui me reste à faire est peu long.... Maudite commission, va!... Cette lettre, plus je la relis, moins j'en devine le sens.

A Perez.

« Vous vous rendrez sans délai à ma maison de plaisance d'Al-
» cudia.... Vous commanderez pour ce soir un souper délicat, et
» vous viendrez m'y rejoindre à minuit. » (*Parlé.*) Ceci, je le comprends : c'est une galante aventure de mon gracieux souverain. Ce-
pendant aujourd'hui, s'il passe la nuit avec une maîtresse, ce n'est
pas une raison pour m'empêcher d'en passer une aussi avec ma
femme.... Ce qui m'intrigue, ce sont ces derniers mots (*lisant*) :
« Vous avertirez mon capitaine des gardes de se tenir, ce soir, en
» embuscade avec vingt arquebusiers dans le petit bois situé entre
» ma maison de plaisance et l'ancien couvent de Saint-Dominique. »
(*Parlé.*) Cet ancien couvent, c'est cette auberge. Pourquoi ces arquebusiers? Le roi serait-il instruit de la conspiration que depuis
si long-temps j'épie, et que je ne lui ai cachée jusqu'ici que pour
mieux servir mon ambition, en la lui découvrant plus tard tout
entière? Aurait-il appris que c'est dans cette salle (*montrant une
chambre de côté*) que ses nobles exilés se réunissent en secret...?
Oui....; mais il est difficile d'arranger cette supposition, quelque
probable qu'elle paraisse, avec la première partie de la lettre qui
a rapport, sans aucun doute, à une de ces nombreuses bonnes for-
tunes dont je suis à la fois le confident et l'agent le plus actif. On
n'a pas besoin de vingt arquebusiers pour séduire une femme......
Je m'y perds.

SCÈNE V.

GIL, PINCHILLA, *une bouteille à la main.*

PINCHILLA.

Voici votre vin. (*Elle verse.*)

GIL.

Jusqu'au bord, mère.

PINCHILLA, *à part.*

Voyons, je vais tenter un nouvel effort... (*Haut.*) Ah ça, Gil,
j'ai toujours eu une grande confiance en vous; les services que vous
m'avez rendus la justifient; mais enfin il faut que je vous parle à
cœur ouvert..., maintenant que vous allez vous marier....

GIL.

Allons, encore un interrogatoire que vous voulez me faire su-
bir... Vous saurez tout, ma bonne mère, avant que ma fiancée me
donne sa foi, quand le prêtre qui doit nous unir sera prêt, quand je
n'aurai plus à craindre que mon bonheur soit détruit... Jusque-là,
silence, oh! silence, je vous en conjure pour ma Paghita!

PINCHILLA.

Eh bien! j'attendrai... D'ailleurs, voyez-vous, ma curiosité n'est
que l'effet de l'intérêt que je vous porte... Cette chanson faite
contre Alphonse que vous chantez si souvent....

GIL.

Bah! est-ce que vous croyez que je conspire aussi?

PINCHILLA.

Qu'y aurait-il là d'étonnant? Il y a en Aragon une haine si vive
pour Alphonse... Il la mérite bien du reste... Jeune encore, n'ayant
de règle que son caprice, n'employer sa volonté qu'à punir, jamais
à pardonner... Puis c'est un jeu pour lui que le déshonneur d'une
pauvre fille. On assure qu'il va épouser la princesse de Castille,
dona Isabelle: que ce mariage se termine promptement, mon
Dieu! Il n'y aura peut-être plus tant de mères qui pleureront dans
ce pays.

GIL, *avec une amertume croissante.*

Oh! ceci est vrai..., et... en vous écoutant, mon front s'est cou-
vert d'une sueur froide; tout mon sang a remonté vers mon cœur.
Qu'il la cache bien aux yeux du roi d'Aragon, celui qui a une jolie
fiancée, ou la fiancée sera ravie à son amour... Malheur surtout à
qui serait le rival d'Alphonse! Les cachots de Sarragosse sont pro-
fonds et muets... C'est à frémir quand on y songe! Malheur encore
à celui de ses sujets placé près de lui à la cour qui se marierait sans
lui avoir présenté celle qu'il a choisie!.... Le roi d'Aragon, ainsi
qu'il le dit lui-même, veut toujours signer au contrat.

PINCHILLA.

Oui, oui, je comprends. Mais quel est ce bruit?

GIL.

Ce sont vos jeunes nobles qui viennent boire votre vin de Xérès. (*A part.*) Je puis sans crainte me montrer à leurs yeux : proscrits depuis deux ans de la cour , ceux d'entre eux qui se rendent souvent ici ne savent pas qui je suis.

PINCHILLA.

Ils descendent la colline au haut de la grande route.

CHANT AU-DEHORS.

Pour ravir l'Espagne
A son joug altier,
Vite en campagne,
Bon muletier.

Écoutez, Gil, ils chantent. Tiens, il y a des muletiers de nos montagnes avec eux.... Paghita doit être habillée.... Paghita ! Paghita !

GIL.

Oui, amenez-la, mère; que je l'embrasse avant de partir. (*A part.*) J'en ai besoin... Je suis inquiet... Oh ! c'est cela... Il est sur la trace de la conspiration... Je lui dirai tout..., de peur qu'il ne me soupçonne aussi , s'il vient à savoir que je m'arrête souvent à cette auberge .. (*Se frappant le front.*) Comment tout ceci finira-t-il?

SCÈNE VI.

PINCHILLA , GIL, PAGHITA , PUIS LES JEUNES NOBLES , TORRENO ET DEUX AUTRES MULETIERS.

GIL, *courant au-devant de Paghita et l'embrassant.*

Ah! ma Paghita !

PINCHILLA, *à Paghita.*

Ce pauvre Gil ! quoiqu'il fût bien pressé, il n'a pas voulu se remettre en route sans t'avoir vue.

PAGHITA , *d'une voix douce.*

Je le remercie. (*Apercevant Torreno , et bas.*) Torreno.

D'AGUILAR.

Notre chambre ordinaire n'est pas occupée, mère Pinchilla ? Faites-nous y porter, je vous prie, du vin de Xérès à profusion...

(*Les jeunes seigneurs entrent. Torreno reste un moment au fond avec quelques-uns. Ils semblent causer.*)

PINCHILLA, *à Paghita.*

Quand il t'aura quittée, tu viendras m'aider, mon enfant.

GIL, *à part.*

Comment !... le père Joseph..., le confesseur du roi parmi les conjurés !... Ah ! saint homme !... (*Il revient vers Paghita.*) Mon absence sera courte, ma Paghita, et pendant le chemin je penserai à vous pour qu'il me paraisse moins long. Puis ce soir, aussitôt que cette bruyante compagnie qui vient d'arriver se sera retirée, nous irons avec votre bonne mère à la chapelle nous unir par des liens éternels... Adieu, adieu, ma Paghita.

(*Ici le refrain des jeunes nobles dans la salle à côté.*)

> Pour ravir l'Espagne
> A son joug altier,
> Vite en campagne,
> Bon muletier.

GIL.

Ah ! ils répètent leur chanson. Bien !... Allez, poussez, mes amis ; compromettez-vous... Je ne serai pas en reste avec vos seigneuries. (*Il va vers la grange après avoir de nouveau serré la main à Paghita, et chante, mais d'une voix forte et sombre.*)

> De la patrie
> La voix qui crie
> Maudit ton nom,
> Roi d'Aragon !
> Tra, la, la, la, la, la,
> La, la, etc.

PINCHILLA, *sortant de la salle, et allant à Perez.*

Eh bien ! Gil, encore votre chanson. (*Gil s'en va après avoir dit adieu à Paghita, et Pinchilla rentre dans l'autre pièce.*)

SCÈNE VII.

PAGHITA, TORRENO, *entrant.*

PAGHITA, *suivant Perez des yeux près de la fenêtre.*

Il est déjà loin. (*Elle se retourne et va vers Torreno.*) Torreno!... Ah! je craignais qu'hier tu ne m'eusses pas comprise, quand ma mère t'a défendu de revenir ici.... Mais te voilà.... toutes mes peines sont oubliées.

TORRENO.

Hier je souffrais bien, Paghita : mes prières, mes larmes n'ont pu attendrir ta mère. Tes paroles m'ont sauvé du désespoir ; j'en avais besoin pour croire que tu m'aimes encore.

PAGHITA.

Toujours!

TORRENO, *avec feu.*

Oh! c'est que je t'aime, moi, comme on n'aima jamais au monde... C'est que depuis mon enfance je me suis accoutumé à l'idée de joindre,mon sort au tien... ou de mourir... Il n'y a qu'un instant il était là ce fiancé qui doit te conduire à l'autel..., il était là qui souriait et qui pressait ta main. Eh bien! à sa vue, un mouvement convulsif a agité mes membres ; une pensée de meurtre m'est venue, et malgré moi j'ai cherché mon stylet dans mon sein.

PAGHITA.

Oh ! tais-toi ! son sang eût retombé sur mon cœur... Tu le sais, Torreno, il ignore les sermens que nous nous sommes faits, et peut-être même, si j'avais eu assez de confiance en lui pour les lui avouer, peut-être eût-il renoncé à moi ; car il est bon, généreux. N'est-ce pas lui qui nous a sauvés de la misère ? Qu'as-tu à lui envier, toi qui possèdes seul ma tendresse, toi que je n'oublierai jamais ?

TORRENO.

Ce que j'ai à envier à ton fiancé, Paghita ? Tu me le demandes.

PAGHITA.

Ecoute, à quelque prix que ce soit, je suis résolue à ne point lui appartenir.

TORRENO, *vivement.*

Dis-tu vrai ?

PAGHITA.

C'est ce soir à minuit que notre mariage doit avoir lieu.

TORRENO.

Eh bien !

PAGHITA.

Je n'ai que deux moyens de l'empêcher.

TORRENO.

Le premier ?

PAGHITA.

D'aller me jeter à ses pieds, de le supplier...

TORRENO.

Oh ! je n'accepterais pas mon bonheur de lui..., et puis on ne cède pas ainsi Paghita...! L'autre moyen ?

PAGHITA.

Torreno...

TORRENO.

Ma Paghita, je crois comprendre ton silence : tu as confiance en moi, tu as foi dans mes sermens ?

PAGHITA.

Oh ! oui.

TORRENO.

On peut fuir avec son époux... Réponds, réponds... Dis-moi que nul sacrifice ne te coûte pour me prouver ton amour.

PAGHITA.

Mon Torreno...., puis-je craindre de remettre mon sort entre tes mains ? Oh ! il faut que l'espérance m'abandonne entièrement ; il faut, pour que j'aie l'affreux courage de quitter le toit qui m'a vu naître, et ma mère, ma vieille mère, que la pauvre Paghita soit repoussée par elle sans pitié. Hier aussi, moi, je me suis précipitée en pleurant à ses genoux ; hier aussi je l'ai conjurée, les mains jointes et la pâleur sur tous les traits, de ne me point condamner à un malheur éternel. Je lui ai rappelé qu'autrefois une promesse sacrée

la liait à toi : elle a été insensible à ma douleur ; elle m'a menacée
de sa colère, si je ne lui obéissais pas. Maintenant je n'appartiens
qu'à Torreno ; je suis sa femme devant Dieu et devant les hommes ;
je le suivrai où il ira, au fond de ses montagnes, sous la hutte de
chaume qui lui sert d'abri. Maintenant à lui mon amour, à lui mon
existence tout entière !

TORRENO, *la pressant sur son cœur.*

Ange adoré ! et moi, moi qui voulais mourir !

UNE VOIX, *de la chambre où sont les jeunes nobles.*

Torreno ! Torreno !

PAGHITA.

On t'appelle.

TORRENO, *avec exaltation.*

Oui..., oui..., je vais...

PAGHITA.

Quelle agitation !... Tu as pâli.

TORRENO.

Moi !

PAGHITA.

Au moment où l'on t'a appelé de cette chambre, une émotion
extraordinaire a semblé s'emparer de toi..., et à présent encore ton
visage offre l'empreinte d'une sombre inquiétude...; ta main tremble dans la mienne... Qu'as-tu donc ?

TORRENO.

Rien.

PAGHITA.

Courrais-tu quelque danger ?

TORRENO.

Non... Mais il faut nous séparer ; mes amis m'attendent là. (*Montrant la chambre.*) Avant que je les rejoigne, convenons du moment de notre fuite. Dans une heure, trouve-toi, ma Paghita, près
du petit bois que l'on distingue de cette auberge. La nuit alors sera
assez avancée pour nous protéger de ses ombres.

(*Ici Alphonse sort de sa chambre, et s'arrête à la vue de Paghita.*)

SCÈNE VIII.

LES MÊMES, ALPHONSE.

PAGHITA.

J'y serai.

ALPHONSE, *au fond.*

Paghita ! avec qui cause-t-elle ?

TORRENO.

De là je te conduirai chez ma mère, et demain à l'autel.

ALPHONSE, *à part.*

C'est le fiancé.

TORRENO.

Que Gil ensuite, s'il a du courage, vienne l'arracher de mes
bras !

ALPHONSE, *à part.*

Ce n'est pas le fiancé.

TORRENO.

Mais... tu ne t'effrayeras point, n'est-ce pas, ma Paghita, si, cette
nuit même, après t'avoir confiée à la tendresse de ma bonne mère,
je te quitte aussitôt... pour quelques instans seulement ?... Si mon
absence même se prolongeait... Oh! tu ne m'accuserais pas de ce re-
tard involontaire.

PAGHITA.

J'attendrai ton retour en pensant à toi.

ALPHONSE, *à part.*

Nous voilà trois maintenant !

TORRENO.

Ainsi, c'est convenu, près du petit bois... quand celle pendule
aura marqué dix heures.

PAGHITA.

Oui.

TORRENO.

Je retourne auprès de mes amis... Paghita, nous serons donc heureux !

ALPHONSE, *à part.*

C'est ce que nous verrons.
(*Torreno embrasse Paghita , qui le conduit jusqu'à la porte et redescend pensive. Torreno rentre.*)

SCÈNE IX.

PAGHITA, ALPHONSE.

ALPHONSE, *s'approchant.*

A mon tour.

PAGHITA, *sans voir Alphonse.*

Oui, nous serons heureux... Mais quel motif le force à cette absence dont il m'a parlé ? (*Alphonse la saisit par la taille, elle pousse un cri.*)

ALPHONSE.

C'est moi... N'ayez pas peur.

PAGHITA, *cherchant à se débarrasser.*

Laissez-moi, monsieur, laissez-moi, ou votre audace...

ALPHONSE, *la tenant toujours.*

Bah ! mon audace... Vous voulez rire.

PAGHITA, *avec colère.*

Mais laissez-moi donc, monsieur !

ALPHONSE.

Pas sans rançon : un baiser.

(*Gil paraît au fond.*)

SCÈNE X.

LES MÊMES, GIL, *au fond.*

GIL, *à part.*

Qu'est-ce que cela ?

ALPHONSE, *à Paghita.*

Je l'aurai. (*Il l'embrasse ; elle se sauve et rentre dans l'inté-rieur. Gil furieux s'approche d'Alphonse sans le reconnaître.*)

GIL.

Ah ! par exemple ! (*Il se trouve face à face avec Alphonse, le reconnaît, et reste stupéfait.*)

SCÈNE XI.

ALPHONSE, GIL PEREZ.

ALPHONSE, *le regardant.*

Eh ! c'est Perez !

PEREZ, *balbutiant.*

Moi-même, sire.... (*A part.*) Ah, mon Dieu !

ALPHONSE.

Par quel hasard en ces lieux ?...

GIL.

Mais, sire... En passant... en revenant de votre maison de plai-sance... Comme je fais le voyage souvent, je m'arrête quelquefois ici.

ALPHONSE.

Et tu es arrivé cette fois à propos... juste au moment où je donnais le plus amoureux baiser à la gentille Paghita.

GIL.

Je l'ai entendu, sire... (*A part.*) Je n'ai pas une goutte de sang dans les veines.

ALPHONSE.

Je ne suis pas fâché du hasard qui m'a fait te rencontrer dans
cette auberge. Tu me seras utile... Tu as exécuté la mission dont je
t'ai chargé?

GIL.

Oui, sire.

ALPHONSE.

Le souper sera prêt pour l'heure indiquée?

GIL.

Auparavant, si votre majesté le désire.

ALPHONSE.

Les vingt arquebusiers de ma garde sont à leur poste?

GIL.

Je viens de les apercevoir en traversant le petit bois.

ALPHONSE.

Maintenant tu devines ce dont il s'agit?

GIL.

Parfaitement, sire... Quelque dame de la cour que vous traitez
ce soir en tête-à-tête... J'ai compris cela du premier coup... Il
n'y a que les arquebusiers qui m'embarrassent un peu.

ALPHONSE.

Ah! c'est une mesure de précaution... Dis-moi, puisque tu t'ar-
rêtes quelquefois dans cette auberge, tu dois connaître le fiancé de
Paghita?

GIL, *réprimant un mouvement.*

Non, sire, non... je ne le... connais pas.

ALPHONSE.

Ce maudit fiancé... Si je parviens à apprendre son nom... J'aime
Paghita, Perez. Depuis huit jours, je descends souvent chez la
vieille Pinchilla, sa mère, exprès pour la voir, pour lui parler. Cette
jeune fille a produit sur moi une impression dont je cherche vai-
nement à me rendre compte. Elle allait m'échapper pourtant. Ce
soir, quelque rustre, quelque vassal allait me l'enlever pour la
conduire à l'autel... Ah! damné de fiancé, tu ne te cacheras pas si
bien que je ne finisse par te découvrir... Et alors...

GIL, riant.

Oui, oui, je sais.

ALPHONSE.

J'ai pensé d'abord le tenir. J'ai cru que c'était ce jeune homme qui tout à l'heure causait avec elle à voix basse... Ce n'était pas le fiancé, c'était l'amant.

GIL.

Comment, sire! il y a aussi un amant!

ALPHONSE.

Quand je suis sorti de ma chambre, ils étaient là tous les deux. Je ne te raconterai pas tout ce qu'ils se disaient; c'était fort tendre, fort expressif.

GIL.

Pauvre fiancé!

ALPHONSE.

Oh! oui, pauvre fiancé! je t'en réponds... Mais aussi heureux amant!

GIL, à part.

Je cherche en vain qui ce peut être... Oh! sans doute, un de ces nobles... Le comte d'Aguilar, ou plutôt le jeune marquis de Villalba...

ALPHONSE.

Qu'as-tu donc à parler tout seul?

GIL.

Je me demandais le nom de l'insolent qui a osé se mettre en rivalité avec votre majesté.

ALPHONSE.

Qu'importe son nom? Ce qui m'importe à moi, c'est qu'il ne réussisse pas dans son projet.

GIL.

Quel projet?

ALPHONSE.

Un enlèvement!

GIL.

Un enlèvement!

ALPHONSE.

Rien que cela.

GIL.

Et savez-vous aussi le lieu du rendez-vous?

ALPHONSE.

Oui, pourquoi?

GIL, *vivement.*

Oh! c'est qu'il faut que cette audace reçoive un châtiment exemplaire.

ALPHONSE.

C'est bien mon intention.

GIL, *plus vivement.*

Vous ravir Paghita, sire!... mais c'est un crime de lèse-majesté, un attentat à la propriété royale!... il n'y a pas de supplice qu'un tel acte ne mérite!... Ah! l'on ose se jouer à vous!... Vite, mon gracieux souverain, vite à l'affût, vous, moi, avec les vingt bons arquebusiers de votre garde, à l'endroit où doit se trouver le coupable... et feu, feu sur lui sans pitié! Que j'aurai de plaisir à me... à vous venger!

ALPHONSE.

Diable!... avec quelle chaleur tu prends mes intérêts!... Mais tu vas trop loin, Perez... Non, mon plan est mieux conçu...je ne m'oppose pas du tout à ce que Paghita soit enlevée.

GIL.

Comment?

ALPHONSE.

Mais... au lieu d'être enlevée par celui qu'elle attendra, elle le sera... par moi.

GIL.

Plaît-il?

ALPHONSE.

C'est elle qui doit être la première au rendez-vous... Son amant ne la rejoindra que lorsque cette pendule que tu vois aura sonné dix heures... toi, tu resteras ici, et tu surveilleras tout avec soin.

GIL, *à part.*

J'étouffe... (*Haut.*) Pardon, sire, je me permettrai contre mon habitude une simple observation.

ALPHONSE.

Voyons ton observation.

GIL.

C'est demain au plus tard que doit arriver la princesse Isabelle de Castille, à qui votre main est promise.

ALPHONSE.

Eh bien!

GIL.

Le respectable cardinal d'Almanza viendra vous annoncer son arrivée... Vous l'avouerai-je, ce rusé ambassadeur vous dessert en secret à la cour de son maître.... il vous peint dans ses lettres sous des couleurs peu flatteuses.... S'il apprenait ce nouveau caprice, le saint homme....

ALPHONSE.

Le saint homme se tairait... Si, depuis un mois qu'il habite Sarragosse, il a eu souvent le droit de censurer ma conduite, de mon côté j'ai eu les yeux ouverts sur la sienne.... Mais c'est assez nous occuper de lui. Songe à remplir mes instructions. D'abord, ne bouge pas de cette salle; ensuite, aussitôt que l'enlèvement aura eu lieu, monte à cheval, pars à franc étrier, et arrive à ma maison d'Alcudia... (*En souriant.*) Ce soir, j'aurai besoin de tes services.

GIL, *avec contrainte.*

Toujours à votre disposition, sire. (*Alphonse entre dans sa chambre; Perez le suit des yeux, et éclate tout à coup.*)

SCÈNE XII.

PEREZ, *seul.*

Il était temps qu'il s'en allât, ma colère débordait.... le sang me montait au visage. Damnation sur lui et sur moi!... Mais c'est que voilà un guet-à-pens infâme! Fiancé, au moment d'être uni à tout ce que j'aime au monde, je me vois arracher ce qui ferait ma joie, ma vie.... Et encore deux voleurs au lieu d'un.... Un amant que l'ingrate préfère, un autre amant qui d'un mot peut me faire pendre à un gibet!.... Et cet amant préféré, quel est-il?... Oui, oui, j'en suis sûr, un noble Aragonais. C'est amusement et jeu de cour pour ces

gens de souche illustre que la séduction et le rapt. Un pauvre
diable, de naissance obscure comme moi, qu'est cela pour eux ?
moins que rien. Cela n'a ni droits ni prérogatives : on peut s'emparer de son bien, déchirer son cœur, lever la dîme sur sa couche
nuptiale!... Oh! ma tête se perd; mille pensées confuses se heurtent
et se choquent dans mon cerveau embrasé.... Le désespoir, la rage,
la jalousie, la peur.... j'en deviendrai fou....(*Il tombe sur un siége.*)
Il faut pourtant que je prenne un° parti....(*On entend du bruit.*)Les
conspirateurs sortent du lieu de leur réunion... Le père Joseph est
toujours avec eux... Décidément quel rôle joue-t-il ici? Si sans être
aperçu de lui je pouvais.... Ah! ma Paghita! ah! ma Paghita!

SCÈNE XIII.

PEREZ, VILLALBA, LE PÈRE JOSEPH et les autres Conjurés.

VILLALBA, *bas au père Joseph.*

Oui, mon père, vos conseils seront suivis... Mais, croyez-moi,
laissez-nous le soin d'achever l'entreprise.... votre présence ici pourrait vous compromettre.

LE PÈRE JOSEPH , *bas..*

M. de Villalba, répétez-leur bien que je partage toute leur indi-
gnation.... Comme eux, je souffre des atteintes portées à nos droits,
à la sainteté de la religion... Alphonse n'a rien respecté, ni lois, ni
mœurs, pas même mes avis·... Depuis qu'il est monté sur le trône,
la nation est humiliée, les familles déshonorées.... et ce n'est rien
encore, ce roi débauché n'a pas approché une seule fois du tribunal
de la pénitence.

PEREZ , *à part.*

Est-il de bonne foi, ou voudrait-il instruire Alphonse de ce qui
se passe, pour rentrer en grâce auprès de lui ?

VILLALBA.

Nous allons agir, mon père....· Je vous conseille de vous retirer...
la prudence...

LE PÈRE JOSEPH.

Oui, vous avez raison. Je rétourne à Sarragosse échauffer le zèle
de nos amis; c'est là que cette nuit nous frapperons un coup
décisif. (*Il sort.*)

PEREZ, *à part.*

A Sarragosse! Il ignore que le roi n'y est point, j'aurai le temps d'agir.

AGUILAR, *voyant Gil.*

Toujours cet homme!

GIL, *affectant la gaîté.*

Eh bien! mes jeunes seigneurs, le vin de Xérès était-il bon et l'orgie a-t-elle été joyeuse?

AGUILAR.

Nous vous avons déjà averti, monsieur, que vos questions nous déplaisaient.

GIL.

Pardon, mon noble cavalier, je ne suis pas un étranger dans la maison de la vieille Pinchilla.

VILLALBA, *à Aguilar.*

Il a raison, mon cher Aguilar; ignores-tu donc que c'est l'heureux fiancé de la jolie fille qui nous sert à table?

GIL, *à part.*

C'est celui-ci, je le parierais.

AGUILAR.

Ah! oui, Paghita!... charmante en effet... délicieuse... La pauvre enfant, ce n'est pas sa faute si on la sacrifie.

GIL, *à part.*

C'est celui-là.

VILLALBA, *à Aguilar.*

Entre nous, je crois qu'elle ne l'aime guère.

AGUILAR.

Comment! elle ne l'aime pas du tout.

PINCHILLA, *entrant.*

Paghita!... oui, mais où est-elle donc?... Ah! Gil, est-ce que vous n'avez pas vu ma fille? je la croyais avec vous. (*Dix heures sonnent.*)

GIL.

Votre fille? Dix heures! (*Pinchilla sort.*)

AGUILAR, *à Perez.*

Eh bien! monsieur, restez-vous encore long-temps avec nous?

GIL.

Non, mes jeunes seigneurs, je me retire. (*Il sort précipitamment. Villalba va à la porte et met le verrou.*)

SCÈNE XIV.

LES MÊMES, *hors* GIL.

AGUILAR.

Comme il se sauve!

VILLALBA.

Et nous ne restons pas plus long-temps.

TORRENO.

Allons trouver Paghita.

VILLALBA, *à Torreno.*

Torreno, n'oubliez pas.....

TORRENO.

Vous m'avez admis à l'honneur d'affranchir avec vous l'Aragon;
et quoiqu'un sang noble ne coule pas dans mes veines, je vous
prouverai que j'étais digne de cette marque de confiance. Je me
battrai bien. Si vos franchises, à vous, Messeigneurs, ont été
violées par lui, il n'a pas plus respecté celles du peuple, qui sont
aussi sacrées que les vôtres; et je suis du peuple, moi : servez votre
cause, et je servirai la mienne. (*Il va sortir, on entend du bruit
au loin. Cri sourd de Paghita. Un coup de feu.*)

AGUILAR.

Sommes-nous découverts?

TORRENO.

Eh non! quelque voyageur égaré peut-être.

VILLALBA.

Dans ce bon pays d'Aragon, il y a un voleur le soir à chaque
coin de rue.

AGUILAR.

Et sur les grandes routes, de braves gens qui demandent l'aumône avec un stylet.

VILLALBA, *qui a ouvert une fenétre.*

Une troupe de gens qui s'éloignent de toute la vitesse de leurs chevaux.... Un homme qui court de ce côté. (*Il referme la fenétre.*)

SCÈNE XV.

Les mêmes, GIL, *en dehors.*

GIL, *en dehors et frappant.*

Ouvrez! ouvrez!

VILLALBA.

C'est la voix de cet homme qui nous a inspiré des soupçons tantôt.

GIL.

Mais ouvrez donc!

TORRENO, *allant ouvrir.*

De la prudence.

GIL, *entrant.*

Malédiction !

PINCHILLA, *entrant.*

Ah! Gil.... où est Paghita ?

GIL.

Enlevée!

VILLALBA.

Votre fiancée ?

GIL.

Eh! oui, ma fiancée, ma jolie fiancée Paghita, enlevée; mes beaux seigneurs, enlevée!... (*Avec désespoir.*) Oh! oh! oh! oh! oh! (*Il se jette dans une chaise.*)

PINCHILLA.

Ah! mon Dieu!... ma pauvre enfant! (*Elle sort.*)

TORRENO.

Mes amis, allons l'arracher des mains de son ravisseur.

GIL.

Allez.... allez!.... Vous courez mieux que deux bons chevaux
d'Andalousie, n'est-ce pas? Et puis il y a chance de recevoir une
bonne balle au front à tenter cette folie, chance des galères ou de
la potence, entendez-vous! Ne bougez point... J'y suis plus intéressé que vous, je crois. C'est mon bien, c'est mon sang, c'est ma
vie qu'on me vole... Je reste pourtant!.. Mais j'aurai vengeance,
si je n'ai justice. A l'œuvre donc, et sans tarder, mes braves jeunes
gens.

TORRENO.

Nous ne vous comprenons pas.

GIL, *en appuyant.*

Vous conspirez?

AGUILAR.

M. Gil veut railler.

GIL.

Vous ne conspirez pas?

VILLALBA ET LES AUTRES CONJURÉS.

Nous?

GIL.

Eh de par Dieu! ne plaisantons point!... maître Torreno, vous
n'êtes pas allé il y a deux jours dans les montagnes?.... Vous n'avez
pas reçu parole de deux cents muletiers de se rendre cette nuit en
armes à Sarragosse?... Dites, cela est-il vrai? Vous, qui vous croyez
bien caché parce que ce large chapeau est rabattu sur votre figure,
Aguilar, vous n'attendez pas de la vallée de Canfranc un renfort
de nos audacieux contrebandiers?... Dites, cela aussi est-il vrai?
Vous, Villalba, lieutenant des gardes du roi, n'avez-vous pas
gagné vos soldats? N'y a-t-il point un uniforme sous votre manteau? et, tout à l'heure encore, ici, sous un autre manteau, n'y
avait-il pas un habit complet de dominicain?

TORRENO.

Nous sommes trahis!

GIL.

Non, vous êtes sauvés au contraire. Du calme, enfans, et écou-
tez-moi.... Il y a une heure que je vous aurais fait pendre.... Il y
a une heure, j'épiais vos démarches, j'écoutais vos moindres pa-

roles..... Je collais mon oreille à chaque porte, à chaque muraille :
j'étais l'espion du roi : maintenant je suis son ennemi le plus acharné,
son ennemi jusqu'au sang, et je vous offre mes services contre lui.
Acceptez : le marché est bon.

TORRENO.

Qui nous répondra de vous?

GIL.

Acceptez d'abord, ensuite je leverai vos scrupules.

AGUILAR.

Nul de nous ne vous connaît.

GIL.

Acceptez, vous dis-je. Je me ferai connaître.

TORRENO, *lui frappant dans la main.*
A tout hasard ! Frappez là.

GIL.

Et maintenant voici comme il faut agir. Torreno, vos deux
cents muletiers arriveront-ils, ainsi qu'ils vous l'ont promis, des
montagnes ?

TORRENO.

A minuit.

GIL.

Armés ?

TORRENO.

Tous.

GIL.

Bien. — Aguilar, vos hommes de Canfranc, en êtes-vous sûr ?

AGUILAR.

Comme de moi.

GIL.

Et vous, Villalba, votre compagnie des gardes?

VILLALBA.

Au feu la première.

GIL.

Alors retenez bien ceci. A une heure du matin, que quelques-
uns de vous soient à distance, dans l'ombre, de la maison de plai-

sance d'Alcudia, car ce n'est pas à Sarragosse, c'est là que sera Alphonse. Vous aurez les yeux incessamment dirigés vers celle des fenêtres où vous verrez une lumière placée contre les vitraux. Quand elle s'ouvrira, qu'un homme y apparaîtra, agitant un signe blanc dans sa main, alerte! poussez le cri d'insurrection, appelez aux armes; je réponds du reste, moi.

TORRENO.

A une heure?

GIL.

A une heure... il sera mort!

TORRENO.

Mort!... Qui peut avoir la certitude?...

GIL.

Moi.... — Ecoutez. J'ai promis de calmer vos craintes; je vais le faire. Quel que soit le motif qui me porte à servir vos projets, je les sers; c'est ce qu'il vous faut. Si je suis un traître, qu'avais-je besoin de vous prévenir? je savais tout; je pouvais vous perdre. Et puis celui que vous proscrivez m'a enlevé ma fiancée Paghita, ici, à mes yeux, au moment de la conduire à l'autel... (*Mouvement de Torreno.*) Oh, je le hais plus que vous! Voulez-vous d'autres gages? en voici (*Il tire un anneau de son doigt*). Cet anneau ouvre toutes les portes du palais, celle même du cabinet particulier d'Alphonse.... qui le veut?

TORRENO, *s'en emparant.*

Moi!... Mais qui êtes-vous donc pour nous promettre sa tête?

GIL.

Qui je suis?

LES NOBLES.

Oui, qui êtes-vous?

GIL.

Le barbier du roi... (*Mouvement genéral.*) Allons, voici la noce à présent (*Toutes les personnes de la fête arrivent.*), damnation sur moi!... Leur vue me fait mal et m'arrache des pleurs de rage (*Haut*). Oui, oui, joie et chanson! merci; félicitez-moi, bien obligé; il n'y a plus de marié. (*Aux conjurés.*) Je remonte à cheval, mes enfans, à une heure.

LES CONJURÉS.

A une heure!

GIL, *en sortant.*

A Alcudia.

LES CONJURÉS.

A Alcudia !

TORRENO *à part.*

Le barbier du roi!...

FIN DU PREMIER ACTE.

ACTE II.

Un appartement richement décoré. Au fond , une grande porte ; à droite, la porte d'un appartement ; à gauche, une petite porte qu'on ne devine que lorsqu'elle s'ouvre. Fenêtres à grands rideaux.

SCÈNE PREMIÈRE.

ALPHONSE, *seul.*

(*Il entre par la porte du fond, et jette son manteau sur un fauteuil.*)

Ah!.... ce n'est pas sans peine.... La petite faisait des façons pour se laisser enlever....; elles en font toutes.... ça dure un moment.... J'ai précédé mes gens de quelques pas....; ils ne peuvent tarder.... (*Voyant des papiers sur la table.*) Toujours des affaires!... (*Il en parcourt quelques-uns.*) Quel métier que celui de roi!... et on nous reproche quelques distractions..... Ah! c'est encore une plainte de ce marquis de Penafield.... On dirait vraiment que je suis responsable de sa femme....; il me la redemande, à moi, comme si cela me regardait.... Sa femme! sa femme!... qu'il s'adresse à l'archevêque d'Almanza.... : le saint ambassadeur de Castille sera peut-être charmé de la lui rendre à présent.... On vient, je crois : c'est Paghita, sans doute.

SCÈNE II.

ALPHONSE , Le ·cardinal D'ALMANZA, Nobles Castillans
de sa suite, Nobles Aragonais; un Domestique.

LE DOMESTIQUE.

Son Éminence le cardinal d'Almanza, ambassadeur du roi de
Castille et de Léon.

ALPHONSE, *à part.*

Au diable l'ambassadeur et celui qui l'envoie! (*Montrant les papiers.*) Heureusement j'ai là de quoi le congédier plus vite qu'il ne
pense.

LE CARDINAL.

Sire, que votre majesté me pardonne si.... à cette heure.....

ALPHONSE.

En effet, monsieur le cardinal, j'étais loin de m'attendre à votre
visite; il est plutôt temps de dormir que de causer d'affaires. Venir
m'importuner jusque dans ma maison de plaisance d'Alcudia !

LE CARDINAL.

Sire, je m'étais rendu à Sarragosse, où j'espérais vous trouver.
La nouvelle que j'ai à vous apprendre est si importante, que tous
les seigneurs de votre cour ont voulu m'accompagner.... Cette nouvelle, je l'espère, remplira de joie le cœur de votre majesté.

ALPHONSE.

Voyons.

LE CARDINAL.

La princesse Isabelle arrive à l'instant même.

ALPHONSE, *à part.*

Ah, mon Dieu!

LE CARDINAL.

Elle s'est arrêtée à la principale porte de Sarragosse.

LE COMTE DE MORRENA, *à part.*

Il n'a pas l'air du tout charmé de la nouvelle.

LE CARDINAL.

Ah! sire, malgré la surprise où cet événement inattendu a jeté

la population aragonaise, femmes, enfans, vieillards, se sont por-
tés à la rencontre de votre fiancée : on l'entoure avec respect; l'air
retentit d'acclamations de joie. Je suis venu recevoir les ordres de
votre majesté.

ALPHONSE.

Eh bien! que ma cour entière aille, au nom d'Alphonse, lui porter son hommage; que ma garde se rassemble. Comte de Morrena,
vous dont la famille est la première parmi les plus illustres familles
de l'Aragon, c'est vous que je charge de ce soin. Vous conduirez
la princesse Isabelle au palais qui lui est destiné. La reine-mère la
recevra.

(*Mouvement de surprise général.*)

LE CARDINAL.

Sire, pardonnez... J'ai sans doute mal compris.

ALPHONSE.

Je me suis pourtant assez clairement expliqué.

LE CARDINAL.

Alors, permettez-moi de vous le dire avec franchise , sire, c'est
un affront pour l'auguste infante de Castille, et pour le souverain
que je représente.

ALPHONSE.

Ah! oui, je comprends... L'usage impérieux dans les cours veut
que je vole au-devant d'Isabelle, que je lui offre la main pour descendre de sa mule, et que je ploie humblement le genou devant elle,
n'est-il pas vrai, monsieur le cardinal? Mon Dieu, sera-t-il trop
tard demain matin de remplir ce cérémonial obligé? La princesse
doit avoir besoin de repos... Moi, j'ai à traiter ce soir même de
graves intérêts qui exigent ma présence ici... Croyez-moi, ne nous
gênons ni l'un ni l'autre.

LE CARDINAL.

C'est mon audience de congé que votre majesté me donne.

ALPHONSE, *vivement.*

Que dites-vous?

LE CARDINAL.

Que vous ne pensez pas, sire, qu'après un pareil outrage, aucun
lien puisse exister encore entre la Castille et l'Aragon.

ALPHONSE.

Des menaces !

LE CARDINAL.

Je rendrai compte au roi mon maître de la réception flatteuse
que vous avez faite à sa fille.

ALPHONSE.

Comme vous voudrez.

LE COMTE DE MORRENA.

Sire.....

ALPHONSE.

Vous aussi, comte !... Vous savez pourtant que je n'aime pas les
représentations..... Voilà vraiment un beau motif de rupture,
monsieur le cardinal ! Parce que je ne vais pas au-devant de ma
fiancée, l'en épouserais-je moins ? ne sera-t-elle pas reine d'Aragon ?

LE CARDINAL.

Jamais, sire !

ALPHONSE, *en riant.*

J'ai bien envie de vous prendre au mot.

LE CARDINAL.

D'autres princes apprécieront mieux l'honneur de son alliance.

ALPHONSE.

Je n'en doute pas.

LE CARDINAL.

Mais la Castille a droit à une réparation éclatante, et c'est aux
armes qu'elle la demandera.

ALPHONSE.

J'entends, monsieur le cardinal; c'est la guerre que vous m'an-
noncez.... Eh bien ! puisque je puis m'expliquer sans détour, la
guerre, plutôt qu'une union que je formais avec regret !

LE CARDINAL, *aux nobles.*

Vous êtes témoins de cette nouvelle insulte, messieurs.

LE COMTE MORRENA ET LES NOBLES.

Au nom de votre gloire... au nom de l'intérêt de l'État.....
(*Bruit au-dehors.*)

CRIS DE PAGHITA.

Laissez-moi! laissez-moi!

ALPHONSE.

C'est elle!
(*La porte s'ouvre.*)

LE COMTE MORRENA.

Oh! je vois à présent que nos prières pourraient blesser votre majesté.

SCÈNE III.

LES MÊMES, PAGHITA, ARQUEBUSIERS.

PAGHITA, *repoussant les arquebusiers qui l'entourent.*

(*Avec un cri de joie.*) Le roi! le roi!... (*Se jetant à ses genoux.*) Ah! sire... justice! (*Le regardant.*) C'est lui!

ALPHONSE.

Silence!... Vous réclamez justice... vous l'aurez.

PAGHITA.

Justice!... de vous!...

ALPHONSE.

Vous l'aurez, vous dis-je!

LE CARDINAL.

Je me retire. Il serait inutile maintenant de demander à votre majesté les motifs de la rupture de son mariage avec la princesse Isabelle de Castille.

ALPHONSE.

Pourquoi donc, monsieur le cardinal? ces motifs, je puis vous les avouer sans crainte. C'est une triste condition que celle de roi! toujours sacrifier ses volontés à cette exigence tyrannique qu'on appelle raison d'état, imposer silence à ses penchans, étouffer le cri de son cœur, ne consulter ni ses goûts ni ses désirs. Vous appartenez de droit à tout le monde, excepté à vous; une femme vous plaît, elle est jolie, séduisante, vous l'aimez jusqu'à l'idolâtrie; près d'elle seulement vous trouveriez le bonheur... qu'importe?

votre choix est enchaîné ailleurs. Celle qu'on vous destine n'est pas connue de vous, vous ne l'avez jamais vue, vous ne lui avez jamais parlé; qu'est-ce que cela fait? laide ou belle, jeune ou vieille, il faut la prendre; c'est un gibet auquel on vous pend. Oh! mieux vaudrait cent fois être sujet que de régner à ce prix-là!

LE CARDINAL.

Oui, sire, vous avez raison... Et puis, en s'affranchissant de ces entraves, on acquiert en liberté ce que l'on perd en vertu. Lorsqu'aucun frein n'est opposé à nos passions fougueuses, on se livre à ces passions avec plus d'ardeur et moins de danger.

ALPHONSE, *à part.*

Oh! digne prélat, est-ce que vous allez prêcher?

LE CARDINAL, *s'animant.*

Alors rien n'est sacré ni respectable pour nous sur la terre. On court de plaisirs en plaisirs, d'orgies en orgies...

ALPHONSE, *à part.*

Il faut qu'il ait perdu la tête pour parler ainsi.

LE CARDINAL.

Nul obstacle ne nous arrête... on enlève une femme à son mari, une fille à sa mère...

ALPHONSE, *à part.*

Ah! damné cardinal!

LE CARDINAL.

Et on les déshonore... c'est privilége de roi.

PAGHITA.

Sire, vous entendez!

ALPHONSE.

Silence donc, jeune fille! (*A part.*) Parbleu! je ne serai pas en reste avec lui... (*Il fouille ses papiers.*) Monsieur le cardinal.

LE CARDINAL.

Sire.

ALPHONSE.

Vous venez de débiter un beau sermon... vous avez parlé comme un saint prédicateur qui se sent fort de ses vertus et de sa conscience... c'est à merveille... mais écoutez... (*Il le tire à part.*) J'ai besoin de vous consulter sur une affaire très-importante.

LE CARDINAL.

Je ne vous comprends pas, sire.

ALPHONSE.

Vous allez me comprendre, monsieur le cardinal : depuis combien de temps êtes-vous à Sarragosse ?

LE CARDINAL.

Depuis un mois à peu près.

ALPHONSE.

Oui.... et certes vous avez employé ce mois à des œuvres qui font honneur à votre caractère. Chaque jour, quand on officiait dans la chapelle, vous étiez là, à mes côtés, recueilli et à genoux, les mains jointes sur la poitrine, priant Dieu sans doute pour qu'il convertît le royal pécheur, et qu'il fît descendre sur lui un rayon de sa grâce et de sa miséricorde... C'est chrétien cela, et je vous en remercie... mais n'auriez vous pas pu le prier aussi un peu pour vous.

LE CARDINAL.

Pour moi ?

ALPHONSE.

Dites... savez-vous ce qu'est devenue la jeune marquise de Pena-field, qui a disparu de ma cour et que son mari cherche maintenant en vain ?

LE CARDINAL, *embarrassé.*

J'ignore absolument...

ALPHONSE.

C'est que ce diable de mari me la demande... il la veut... J'ai là son placet... et... par extraordinaire, ce n'est pas moi qu'il accuse, c'est un autre.

LE CARDINAL.

Sire...

ALPHONSE, *en riant.*

Monsieur le cardinal, je crois que nous sommes aussi grands pécheurs l'un que l'autre, et que nous avons bon besoin de nous avouer mutuellement nos fautes; et si vous le voulez... plus tard, nous reprendrons cet entretien... (*Aux nobles.*) Messieurs, nous sommes réconciliés, monsieur le cardinal et moi... Il approuve mes raisons, et il se charge de faire agréer mes excuses à la princesse Isabelle... N'est-ce pas, monsieur le cardinal?

LE CARDINAL.

Oui, oui, les puissantes raisons d'état que vient de me donner sa majesté...

ALPHONSE.

Vous entendez, mes jeunes seigneurs. Mais retirez-vous : j'ai promis justice à cette jeune fille, et je vais l'exécuter.

LE CARDINAL, *en sortant.*

Sire, nous vous laissons tout entier à vos augustes devoirs...

ALPHONSE, *bas.*

Vous conduirez vous-même la princesse Isabelle à Sarragosse, chez la reine-mère.

LE CARDINAL, *bas.*

Oui, sire... (*Le roi donne sa main à baiser.*) Ah! messieurs, je sors enchanté des bontés du roi... Quel grand politique!

(*Ils se retirent en saluant profondément.*)

SCÈNE IV.

ALPHONSE, PAGHITA.

ALPHONSE.

Eh bien! Paghita, tu as tout entendu... crois-tu que je t'aime maintenant?

PAGHITA.

Vous, le roi!

ALPHONSE.

Oui, Paghita, et celle qui a su lui plaire ne doit pas mettre de bornes à ses désirs... Tu seras, à Sarragosse, par tout mon royaume, maîtresse absolue... parle... on obéira.

PAGHITA.

Vous, le roi... ah! sire, il a fallu que ce mot retentît bien souvent à mon oreille, que je fusse témoin du respect des nobles de

3

votre cour, pour croire que ce n'est pas un rêve. Quoi! celui qui, par le haut rang où le ciel l'a placé, est chargé du bonheur de l'Aragon, ne serait qu'un maître impérieux auquel il faut obéir sous peine de la vie!... Celui qui doit écouter toutes les plaintes, sécher toutes les larmes, punir tous les crimes, donnerait lui-même l'exemple de l'oubli du plus saint des devoirs...., et ne serait plus qu'un infâme ravisseur!... Oh! non, non, c'est impossible, mes yeux me trompent, une illusion m'abuse... vous n'êtes pas le roi.

ALPHONSE.

Je te le prouverai à force de bienfaits.

PAGHITA.

Des bienfaits... honte et désespoir!... Alphonse, le premier de ces bienfaits pour moi, ce serait la mort.

ALPHONSE, *réprimant un mouvement de colère.*
Que faut-il donc faire, Paghita, pour mériter ton amour ?

PAGHITA.

Rendez-moi à ma mère, et je vous bénirai...

ALPHONSE, *après un moment de réflexion.*

Eh bien! je t'en donne ma parole royale... tu reverras ta mère... Mais je ne puis pas te laisser sortir ainsi... à cette heure... Écoute... tu vas juger si je suis sincère. (*Il appelle.*) Quelqu'un!

PAGHITA.

Que faites-vous?

ALPHONSE.

Sois tranquille... et cache bien ta jolie figure.

SCÈNE V.

LES MÊMES, UN DOMESTIQUE.

ALPHONSE, *au domestique.*

Prends mon meilleur cheval, et cours au village de Villa-Viciosa, à l'hôtellerie de la vieille Pinchilla. Tu amèneras cette bonne femme ici, par ordre du roi. Pars.

LE DOMESTIQUE, *sortant.*

Oui, sire.

SCÈNE VI.

ALPHONSE, PAGHITA.

ALPHONSE.

Eh bien ! es-tu contente? Aussitôt son arrivée, je te remettrai dans ses mains ; tu seras libre de le suivre ou de rester.

PAGHITA.

Et en l'attendant ?...

ALPHONSE.

En l'attendant, voici l'appartement que je t'avais réservé ; tu peux y entrer...... Ne crains rien, personne n'y pénétrera.

PAGHITA.

Pas même le roi?

ALPHONSE.

Pas même le roi....

PAGHITA.

Oh! je vous crois, sire..... et puis je ne conseillerais pas à votre majesté de se jouer de mon désespoir. (*Elle sort.*)

SCÈNE VII.

ALPHONSE, *seul.*

La voilà un peu rassurée, tant mieux ; l'emportement que j'ai montré envers cet ambassadeur lui a fait croire , sans doute, que je n'avais pas l'esprit assez libre pour penser à la ruse. (*Bruit d'une serrure qui se ferme.*) Ah! ah! ah! pauvre innocente, elle s'enferme ; elle se fie à la sauve-garde d'une clé, et ne se doute pas que j'en ai une autre.... (*Il la montre.*) C'est singulier, cette jeune fille n'est pas plus jolie que beaucoup de celles qui m'ont plu..... Eh bien! c'est un sentiment différent qu'elle m'inspire..... Les autres, mon seul désir était de les posséder... Celle-ci, je voudrais lui plaire.... Pourquoi pas , au fait? Pour être roi l'on n'a pas renoncé à tous ses avantages... Trouvera-t-elle son souverain assez bien pour elle?.... Consultons cette glace de Venise, elle a l'habitude de me dire la vérité. (*Il se regarde dans un miroir et arrange sa toilette. Perez entre sans être vu.*)

3.

SCÈNE VIII.

ALPHONSE, PEREZ.

PEREZ, *à part.*

Le voilà ! ne laissons pas échapper le moment, et souvenons-nous de ce que j'ai promis.

ALPHONSE, *se regardant toujours.*

Pas trop mal, pas trop mal.... non....

PEREZ, *à part.*

Rassemblés, là, sur la grande place, ils attendent, et quand tout sera fini, cette serviette lancée par la fenêtre leur servira de signal.

ALPHONSE, *se retournant et l'apercevant.*

Ah ! c'est toi, l'ami Perez !

PEREZ.

Toujours exact à mon poste, à toute heure, à tout moment. (*A part.*) Mais Paghita, Paghita ! où l'a-t-il cachée ?

ALPHONSE.

Je connais ton empressement, ton zèle, et j'y suis sensible ; mais dans ce moment je veux être seul, va.

PEREZ, *à part.*

Diable !.... ceci ne fait pas mon compte.

ALPHONSE.

Tu donneras en même temps l'ordre de ne laisser entrer personne...., j'ai à méditer sur un projet très important...... Eh bien ! va donc.

PEREZ.

Oui, sire, certainement, je me retire.... C'est que je pensais qu'il serait peut-être convenable...-

ALPHONSE.

Achève.

PEREZ.

Votre majesté va méditer, c'est fort heureux pour ses sujets ;

mais peut-être votre majesté ne méditera t-elle pas absolument seule?...

ALPHONSE.

Qui t'a dit cela?

PEREZ.

Oh! c'est une supposition..... puis, je sais que ce n'est point votre habitude. Vous aviez à méditer aussi le jour où, dans cette même maison de plaisance, à cette même heure, la belle duchesse de Medina vous présenta un placet pour envoyer son vieux mari dans la province la plus reculée de votre royaume.

ALPHONSE.

Je fis droit au placet tout de suite.

PEREZ.

Oh! tout de suite.... Mais avant d'accomplir ce grand acte de justice, votre fidèle Perez fut mandé près de vous.

ALPHONSE.

C'est vrai.

PEREZ.

Eh bien! sire, dans le cas où votre majesté aurait encore un grand acte de justice à accomplir, si vous paraissiez avec.... ces cheveux en désordre et cette barbe de la veille.... je serais perdu de réputation....

ALPHONSE.

Tu crois?

PEREZ.

Si votre majesté veut permettre que je la rase...

ALPHONSE.

Mais au fait, tu as raison....(*Au miroir.*) Oh! oui, je serai beaucoup mieux.

PEREZ.

Et moi, mon honneur sera sauvé.

ALPHONSE.

Allons, maître barbier, à l'œuvre.

PEREZ.

Ce sera fait que votre majesté ne s'en sera pas aperçue.

ALPHONSE, *allant vers la chaise.*

C'est ce que je veux.

PEREZ, *tirant de l'étui l'un des rasoirs.*

(*A part.*) Voici l'instant fatal.

ALPHONSE.

Ah, diable ! quelqu'un vient.... c'est contrariant.

PEREZ, *à part.*

Malédiction ! j'étais décidé !

ALPHONSE.

Que demande-t-on ?

SCÈNE IX.

LES MÊMES, UN CONSEILLER, *des papiers à la main.*

LE CONSEILLER.

Sire, c'est d'après les ordres mêmes de votre majesté....

ALPHONSE.

Ah ! oui, des brevets à signer, c'est juste. (*A part.*) Cette petite me fait tout oublier. (*Haut.*) Donnez. (*Il signe plusieurs brevets.*)

PEREZ, *à part.*

Et Torreno, et les autres qui attendent !...

LE CONSEILLER, *montrant un brevet resté sur la table.*

Sire, et celui-ci ?...

ALPHONSE.

Je le garde, il a une destination particulière..... Allez. (*Le conseiller sort.*)

SCÈNE X.

ALPHONSE, PEREZ.

PEREZ, *à part.*

Je meurs sur pied.

ALPHONSE.

Le roi a fait son métier.... que le barbier fasse le sien.

PEREZ, *vivement.*

Sur-le-champ, sire. (*Il commence à repasser son rasoir.*)

ALPHONSE, *gaîment.*

Voilà dix roturiers qui demain se réveilleront nobles par la grâce de Dieu...

PEREZ,

Et du roi. (*Il repasse.*)

ALPHONSE.

Ecoute un peu, mon cher barbier; je t'ai souvent promis de faire quelque chose pour toi, je veux tenir ma promesse, et donner en même temps une leçon à ces nobles si orgueilleux..... Si tu les avais entendus tout à l'heure encore! Ils se targuent sans cesse de leur origine; Dieu sait ce qu'étaient leurs aïeux.... Viens ici.... ce brevet que j'ai gardé, ne devines-tu pas à qui je le destine?

PEREZ, *s'arrêtant et peu à peu abandonnant son rasoir.*

Mais non.

ALPHONSE.

A un homme qui tous les jours a sous la main pendant un quart-d'heure les destinées du royaume d'Aragon..... Tiens, regarde, ce sont des titres de noblesse, de propriétés.

PEREZ, *lisant.*

Ceux du marquis de Villaflor!

ALPHONSE.

Oui, de ce traître.

PEREZ.

Qui a été pendu la semaine dernière.

ALPHONSE.

Voyons, veux-tu l'être?

PEREZ.

Pendu?

ALPHONSE.

Eh non! marquis!

PEREZ,

Moi, sire!

ALPHONSE.

Oui, toi!.. Pourquoi pas? N'as-tu pas ma confiance?

PEREZ, *à part.*

Oh, mon dieu!

ALPHONSE.

Celui à qui je livre ma tête doit être riche, noble, heureux.

PEREZ, *à part.*

Toute ma résolution m'abandonne. (*Haut.*) Ah, sire!

ALPHONSE.

Au reste, voici les titres et ce blanc-seing...... (*Il signe.*) Je te laisse le plaisir de le remplir toi-même. Regarde; il y a au bas ma signature et mon sceau royal.

PEREZ, *à part.*

C'est fini, je ne pourrai jamais....

ALPHONSE.

Sois tranquille, mes faveurs ne s'arrêteront pas là.

PEREZ.

Pardon, pardon, sire, c'est assez.... Je n'ai pas d'ambition.

ALPHONSE.

Si je vis encore deux ans, je te ferai duc.

PEREZ.

Duc!

ALPHONSE.

Mais nous avons perdu un temps précieux.... (*S'appuyant sur son épaule.*) C'est aujourd'hui, ingénieux artiste, qu'il faut montrer toutes les ressources de ton talent.., J'ai besoin d'être joli garçon.

PEREZ.

C'est déjà fait, sire.

ALPHONSE.

Flatteur!.. Non, non, je veux plaire, plaire beaucoup.

PEREZ.

Votre majesté n'a qu'à commander.

ALPHONSE.

Eh bien! je te commande de me rendre aimable, séduisant. Ah! marquis, c'est que tu n'imagines pas tout mon bonheur... Tiens, je ne veux rien te cacher... Elle est là.

PEREZ, *troublé*.

Elle est là !... Qui ?

ALPHONSE.

Eh, parbleu ! cette divine Paghita !

PEREZ, *à part*.

Paghita !.. J'étouffe.

ALPHONSE.

Je ne te peindrai pas ses grâces, sa gentillesse... tu l'as vue.

PEREZ, *mettant la main sur son rasoir*.

Il est vrai, sire, qu'elle est fort bien. (*A part.*) Je sens revenir ma colère.

ALPHONSE.

Et j'aurais souffert qu'un autre.... Quelque rustre, sans doute.... Fi donc ! un morceau de roi !

PEREZ, *à part*.

Un morceau de roi.... Despote !

ALPHONSE.

Ah, ah, ah !.. ce pauvre prétendu... Quelle mine il a dû faire !... Je crois l'entendre : « Où est ma fiancée ? — Elle a disparu. — Pas possible ! — Oh, mon Dieu ! si. — Quoi ! Comment ? — Enlevée ! » Ah, ah, ah, ah ! le digne homme ; je crois voir d'ici sa figure. Tiens, absolument comme la tienne en ce moment. (*Pendant ce qui précède, le rasoir a été très-vite sur le cuir.*) Je te trouve un air tout renversé.

PEREZ.

C'est que je pense à ce pauvre fiancé.

ALPHONSE.

Oh ! il peut être tranquille... Je la lui rendrai.

PEREZ, *vivement*.

Vous la lui rendrez ?

ALPHONSE.

Demain matin.

PEREZ, *à part, avec un mouvement de rage*.

Demain !... (*Haut.*) Oh, oui, demain matin ! Quand le soleil se sera levé sur la couche du roi d'Aragon ; quand les nobles de sa cour seront là, comme tous les matins, attendant un sourire du maître... le roi d'Aragon passera à côté d'eux avec sa nouvelle conquête, et leur dira du regard : N'est-ce pas qu'elle valait bien un caprice de ma majesté?.. Ils applaudiront en riant :... c'est chose si commune que la honte pour eux, et le déshonneur pour leurs femmes!.. Mais elle.... les yeux remplis de larmes, que deviendra-t-elle? Mais son fiancé, à qui on aura ravi le bonheur, quel sera son sort?... A votre place, sire, je ne jouerais pas souvent ce jeu-là : il est dangereux.

ALPHONSE.

Allons, allons, trève de morale : c'est la première fois que tu t'avises de m'en faire... (*Il s'assied.*) Vite, vite, Perez, elle m'attend... C'est qu'elle est si jolie, vois-tu!... Vive, agaçante.... Ah! coquin de barbier, tu voudrais bien être à ma place.

PEREZ.

Moi, sire? Non, je vous jure.

ALPHONSE.

C'est singulier ; tu n'as pas ta physionomie ordinaire.... (*Lui arrêtant le bras.*) Qu'as-tu donc? On dirait que ta main tremble.

PEREZ.

Mais non.

ALPHONSE.

Mais si!... Allonge le bras... Tiens, regarde ce mouvement... Tu as la fièvre.

PEREZ.

Je vous assure que non.

ALPHONSE.

C'est que si tu as la fièvre, j'aime autant remettre....

PEREZ, *à part.*

Remettre!.. (*Lui mettant précipitamment la serviette.*) Jamais je n'ai eu la main si ferme.

ALPHONSE.

Je vois bien le contraire... Mais, là, là, pas si fort... Comme tu me serres!...

PEREZ, *s'approchant avec la savonnette, à part.*

Ah! mon Dieu, qu'est-ce que j'ai donc?... La main me tremble en effet...

ALPHONSE, *se levant avec colère.*

Allons, décidément, je te dis que tu as la fièvre.

PEREZ.

Mais, sire....

ALPHONSE, *ôtant la serviette de son cou.*

Au diable! (*Il la jette avec colère par la fenêtre.*)

PEREZ, *à part.*

Damnation!.. Sans le vouloir, il a donné le signal aux conjurés.

ALPHONSE, *se promenant avec agitation.*

Ce coquin-là, depuis que je l'ai fait marquis, il n'est même plus
bon à être barbier.... (*Bruit en dehors.*) Qu'est-ce que j'entends là?

PEREZ.

Je n'entends rien... (*A part.*) Tout est perdu! (*Le bruit redouble.*)

ALPHONSE.

C'est sur la grande place.

PEREZ.

Je n'entends rien, moi.

ALPHONSE.

Tu es donc sourd?

CRIS EN DEHORS.

Vive la liberté!

ALPHONSE.

On conspire.

CRIS NOUVEAUX.

A bas le tyran!

ALPHONSE.

Ceci me regarde. (*Allant à la fenêtre.*) Par Saint-Jacques, c'est
du sérieux. (*Coups de feu.*) Tu entends, j'espère, cette fois?

PEREZ.

Oui, sire, oui.

ALPHONSE.

Une révolte!... Ils me la paieront cher.

PEREZ, *à part.*

S'il vit, je suis perdu... Eh bien! que mon stylet me sauve à dé-
faut de mon rasoir! (*Il va pour frapper le roi, qui est tourné et re-*

garde sur la place. En ce moment, des officiers et des gardes pé-
nètrent dans l'appartement.) Des soldats !... Du sang-froid, ou je
suis mort.

SCÈNE XI.

LES MÊMES, OFFICIERS, GARDES.

UN OFFICIER.

Sire, des révoltés cherchent à pénétrer dans l'intérieur du palais...
Vos fidèles soldats vous attendent.

ALPHONSE.

Je vous suis... (*Bas.*) Perez, un mot : je te confie la garde du tré-
sor qui est renfermé là... Veille sur Paghita ; tu m'en réponds.

PEREZ.

Ah ! sire, soyez tranquille ; vous ne pouviez la remettre en de
meilleures mains.

ALPHONSE, *tirant son épée.*

Venez, messieurs. (*Il sort avec les officiers et les gardes.*)

SCÈNE XII.

PEREZ, *seul.*

Allons, le coup est manqué.... Et s'il vient à savoir que j'étais du
complot !... Il le saura... Il ne peut manquer d'apprendre que j'allais
épouser Paghita... Ce sera pour lui un trait de lumière... Il faut lui
cacher à tout prix... Et d'abord tâchons de la faire sortir du palais...
(*On entend le roulement du tambour dans l'intérieur du palais.*)
Voilà qu'on appelle les arquebusiers.... Profitons du désordre.... (*Il
appelle à la porte de droite.*) Paghita ! Paghita !

(*La petite porte de gauche s'ouvre. Torreno entre en désordre
un stylet à la main.*)

SCÈNE XIII.

PEREZ, TORRENO.

TORRENO, *en ouvrant la porte.*

Vive la liberté !

PEREZ.

Silence! on nous sommes morts...

TORRENO.

Quoi! tu n'as pas rempli ta promesse? Il vit encore!

PEREZ.

Oui... Il faut fuir. Pars vite, Torreno... Mais Paghita..., ma fiancée, elle est ici.

TORRENO.

Ici..., Paghita ?

PEREZ.

Oui... Veux-tu la sauver?

TORRENO.

La sauver!... Écoute; la fusillade recommence.

PEREZ.

Tous les gardes sont sous les armes... Le roi est à leur tête : tes
camarades sont perdus.

TORRENO.

Je cours mourir avec eux!

PEREZ, *l'arrêtant.*

Et Paghita!

TORRENO, *hésitant.*

Ah !... situation affreuse !...

PEREZ.

La voici.
(*Paghita paraît échevelée.*)

SCÈNE XIV.

LES MÊMES, PAGHITA.

PAGHITA.

Quel est ce bruit?... (*Apercevant Torreno, et se précipitant dans
ses bras.*) Torreno!

TORRENO, *la pressant sur son cœur.*

Ma chère Paghita !

PEREZ, *à part.*

C'était l'amant.... Et moi qui allais les faire sauver ensemble !

TORRENO, *la prenant par la main.*

Viens, Paghita, suis-moi.

PEREZ, *l'arrêtant.*

Un moment... Il faut songer à tout... Cet anneau que je t'ai prêté, remets-le-lui.

TORRENO.

Pourquoi, puisque je suis avec elle ?

PEREZ.

Il ne protége que la personne qui le porte.

TORRENO, *passant l'anneau au doigt de Paghita.*

Ah ! volontiers.... Quant à moi, je m'abandonne au sort.... Advienne que pourra, pourvu que je la sauve.

PEREZ, *à part.*

Maintenant elle peut partir seule.

TORRENO, *faisant de vains efforts pour ouvrir la petite porte.*
Maudite porte !

PEREZ.

C'est qu'il y a un secret.... Attends, je vais l'ouvrir.... Mais on pourrait nous surprendre... (*Il mène Torreno à la porte du fond.*) Mets-toi là aux aguets un instant. (*Il conduit Paghita vers la porte dérobée, qu'il ouvre. Bas à elle.*) Sauvez-vous.... Profitez du désordre.... Attendez-moi à Villa-Viciosa à l'ancien couvent de Saint-Dominique... Oh ! étourdi que je suis !... C'est là d'abord qu'on irait la chercher... Il lui faudrait une retraite sûre.

TORRENO, *du fond.*

Chez ma mère, dans nos montagnes.

PEREZ.

Oui, chez la mère de Torreno.

PAGHITA, *de la porte.*

Et Torreno ne vient pas...

PEREZ, *la poussant.*

Allez, allez vite. (*Il referme vivement la porte sur elle.*)

SCÈNE XV.

PEREZ, TORRENO.

TORRENO, *accourant.*

Elle part sans moi... Je vais...

PEREZ, *passant du côté de la grande porte , et lui saisissant le bras.*

Un moment!

TORRENO, *voulant se dégager.*

Ne me retiens pas.

PEREZ, *avec force.*

Au nom du roi, je t'arrête!

TORRENO.

Misérable!

PEREZ.

Toute résistance est inutile.

TORRENO.

Quel piége horrible!.

PEREZ.

Oh! ce n'était pas un piége... L'amour de Paghita t'a trahi.

TORRENO.

Lâche!... est-ce ainsi que tu te venges?

PEREZ.

Oui, Torreno, oui,.. Tu me paieras les tourmens que j'ai souf-
ferts; les larmes de rage que j'ai versées... Ce n'est pas le rebelle que
je poursuis de ma haine; c'est l'amant heureux de Paghita , c'est
mon rival préféré.

TORRENO, *tirant son stylet.*

Eh bien! voyons si ton stylet est aussi bien aiguisé que le mien.

PEREZ, *saisissant une carabine qui est à sa portée.*

Pas un pas de plus , ou je t'étends à mes pieds.

SCÈNE XVI.

LES MÊMES, ALPHONSE, SOLDATS.

AIPHONSE, *à la cantonnade.*

Point de merci... à personne.

PEREZ, *aux soldats.*

Saisissez ce conspirateur pris les armes à la main.

ALPHONSE.

Quel est cet homme ?

TORRENO.

Ton ennemi.

ALPHONSE.

Que cherchais-tu dans ce palais ?

TORRENO.

Eh! que cherche ordinairement le stylet d'un Espagnol?

ALPHONSE.

Emmenez cet insensé, et qu'il soit jugé sur-le-champ.

PÉREZ.

Vive le roi !

LES SOLDATS.

Vive le roi !

TORRENO, *de la porte.*

Vive l'indépendance de l'Aragon !

(*On emmène Torreno.*)

SCÈNE XVII.

PEREZ, ALPHONSE.

ALPHONSE.

Sais-tu, l'ami Perez, que je l'ai échappé belle ?

PEREZ.

Et moi aussi, je vous jure.

ALPHONSE.

Oh! oui, je t'ai vu à l'œuvre, l'arquebuse à la main, avec cet enragé... marquis de Villaflor, je récompenserai vos services.

PEREZ.

Vous êtes trop bon, sire.

ALPHONSE.

Mais la journée a été rude...

PEREZ.

Oh oui!...

ALPHONSE.

Va prendre un peu de repos... va... Bonsoir, mon fidèle Perez...

PEREZ.

Bonne nuit, majesté chérie.

ALPHONSE.

Bonne nuit!... C'est bien ainsi que je l'entends...

PEREZ, *à part.*

O fortune, je te remercie, j'ai sauvé ma fiancée et ma tête !
(*Le roi se retourne, il salue.*)

ALPHONSE. *Il se dirige vers la porte de la chambre.*

Ouvrons bien doucement pour ne pas l'effrayer. (*Il met la clef dans la serrure, va ouvrir la porte et se retourne vers Perez.*)
Bonsoir !

PEREZ, *de la porte du fond.*

Bonsoir.

FIN DU DEUXIÈME ACTE.

ACTE III.

Un salon du palais à Sarragosse.

SCÈNE PREMIÈRE.

LE ROI, PEREZ. LES SEIGNEURS (*traversant dans le fond.*)

LE ROI.

Songe que tu as beaucoup à faire pour regagner ma confiance.

4

PEREZ.

Ah ! sire, ma fidélité....

LE ROI.

Prie Dieu que je ne la soupçonne pas, et songe à exécuter mes ordres à l'égard de Torreno.

(Il sort suivi par les Seigneurs.)

SCÈNE II.

PEREZ, seul.

Je crois que je n'ai pas de temps à perdre si je veux sauver ma tête, car elle me paraît un peu compromise. Ce n'est encore que de la colère et du dépit de la part du roi ; bientôt... Je le connais, le soupçon viendra... et le moindre indice le mettra sur la trace de ce que j'ai tant d'intérêt à lui cacher. Où avais-je l'esprit quand j'ai arrêté Torreno... Maudite jalousie !... Il fallait au moins, puisque je le tenais en mon pouvoir, et qu'une bonne arquebuse armant ma main... Oh ! je frémis à cette pensée... Non, non, je ne me repens pas d'avoir épargné ses jours... Mais il peut parler, il peut apprendre au roi que je conspirais contre lui, et surtout que j'étais le fiancé de Paghita. A quelque prix que ce soit, il faut que j'achète son silence. Holà, quelqu'un ! *(Un Officier sortant.)* Qu'on fasse venir le conspirateur Torreno.

L'OFFICIER.

Oui, monsieur le marquis.

PEREZ.

Marquis ! marquis ! Oui, j'ai des titres maintenant, des priviléges, jusqu'à un barbier qu'on m'a forcé de prendre, parce que je suis devenu noble... Mais cela durera-t-il ? qui sait le sort réservé au favori d'Alphonse ! Oh ! que j'ai hâte que Torreno vienne ; il acceptera, j'en suis certain... Oh ! c'est lui.

(Torreno entre, l'Officier lui montre Perez et se retire.)

SCÈNE III.

PEREZ, TORRENO.

PEREZ, *allant vers la porte pour s'assurer qu'elle est fermée.*

(A part.) Personne n'oserait nous épier....

TORRENO.

A son aspect la rougeur me monte au front, et mon sang bout dans mes veines.

PEREZ.

Torreno?

TORRENO.

Infâme.... tu ne crains point de te présenter devant moi!

PEREZ.

Ton intérêt..., le mien...., l'exigeaient impérieusement.

TORRENO.

Qu'y a-t-il entre Torreno et le barbier d'Alphonse?

PEREZ.

Il y a.... que Torreno va être pendu...., et que le barbier d'Alphonse a des chances pour l'être aussi.

TORRENO.

Que m'importe?

PEREZ.

Mais.... il m'importe beaucoup à moi.... Écoute, ce que j'ai à te dire vaut la peine d'être entendu.

TORRENO.

Je ne veux rien entendre de toi.

PEREZ.

Oh! ce n'est pas pour me justifier.... Tu me hais....

TORRENO.

Je te méprise.

PEREZ.

Torreno.... si tu lisais au fond de mon cœur, je t'inspirerais un autre sentiment.... la pitié.... Tu m'accuses de trahison! c'est moi qui ai vendu au roi vos projets pour de l'or! Me croirais-tu, si je te jurais que l'amour seul, l'amour que j'éprouvais pour Paghita m'a entraîné, que je conspirais avec vous en homme de courage qui se venge?... et pourtant cela est vrai.... (*mouvement de Torreno*); mais, je te le répète, ce n'est pas pour me justifier que j'ai voulu te voir...., c'est pour te sauver.

TORRENO.

Pour me sauver?

PEREZ.

Dans une heure, si tu y consens, tu seras libre.

TORRENO.

Libre!... il y a certainement une condition à ce service.

PEREZ.

Une seule.... qui t'intéresse d'ailleurs autant que moi.

TORRENO.

Et c'est....

PEREZ.

De me donner le temps de tromper Alphonse jusqu'à ce que tes jours et les miens soient hors de danger.

TORRENO.

Tes jours sont donc en danger, Perez?

PEREZ.

Peut-être.

TORRENO.

Je devine.... : tu me demandes le secret sur ta présence hier parmi nous.

PEREZ, *avec amertume.*

Si je te le demande, c'est que je crains que tes révélations ne me compromettent, et si elles me compromettent, c'est que je ne vous ai pas trahis.

TORRENO, *avec force.*

Et moi, moi que tu as livré!

PEREZ.

Oh! ceci.... ceci, Torreno, ce n'est pas de la trahison....; c'est.... un inexplicable mouvement de frénésie, c'est le désespoir d'un amant jaloux.... J'allais remettre Paghita entre tes mains...., et assurer ainsi ta fuite... Un mot d'elle, un regard de toi m'ont révélé que tu étais mon rival. Je n'ai plus été maître de moi.... Mais revenons à ce que je te propose : d'abord, le silence sur la conspiration, ensuite pas une parole qui instruise Alphonse de mon mariage avec Paghita.

TORRENO.

Et si je remplis ces deux conditions?

PEREZ.

La porte de ta prison s'ouvrira.... Je réponds de tout.

TORRENO.

Et quel gage me donneras-tu de ta sincérité ?

PEREZ.

Je suis pendu si tu parles.

TORRENO.

Si je parle avant de monter à l'échafaud !... Qui sait?... c'est peut-
être sans bruit.... dans ma prison.... que les bourreaux viendront
m'assassiner.

PEREZ.

Non, non, c'est à la face du ciel, en plein jour, sur la grande
place de Sarragosse, et alors tu m'accuserais devant le peuple ras-
semblé.

TORRENO.

Tu saurais bien étouffer ma voix....; c'est un piége que tu me
tends.

PEREZ.

Oh! je t'en supplie, accepte. Je te le répète, Alphonse ne pardon-
nerait pas au fiancé de Paghita. Nous morts, à qui restera-t-elle cette
Paghita que nous aimons avec tant d'idolâtrie? au roi qui veut la
déshonorer?... Oh! cette idée-là ne te fait-elle pas frémir?

TORRENO.

Oui.... ce serait affreux.

PEREZ.

Nous, au moins, c'est un nom que nous lui offrirons, c'est devant Dieu que nous lui engagerons nos sermens.... Oh! pour elle,
pour elle, tu ne dois pas me refuser.

TORRENO.

Ah! je sens que j'ai besoin de te croire; mais j'hésite, je balance.
Tu possèdes si bien l'art de feindre et de tromper!

PEREZ, *vivement*.

Mets ta main sur mon cœur : il bat maintenant d'amour et de
haine..., d'amour pour elle, de haine pour toi.

TORRENO.

Ta haine n'est pas dangereuse quand elle a le courage de se
montrer.

PEREZ.

Qu'en sais-tu?... Accepte et je te fournirai l'occasion de faire cette
épreuve.

TORRENO.

Comment ?

PEREZ.

Je te promets la fuite, te dis-je ; je t'accompagnerai.

TORRENO.

Seul ?

PEREZ.

Seul. Quant à Paghita...

TORRENO.

Eh bien ?

PEREZ.

Eh bien !... tu l'auras... ; mais il faudra me la disputer.

TORRENO.

Je crois te comprendre.

PEREZ.

A toi ou à moi la jeune fille ! Un gibet peut m'épouvanter.... J'ai peur.... Oui, j'ai peur, je l'avoue, des tortures qu'inventerait Alphonse pour me punir de l'avoir trahi...; mais le barbier Perez ne pâlira pas devant le muletier Torreno.... Nous gagnerons tes montagnes, et là...

TORRENO.

Achève...

PEREZ.

Là... avec des armes... stylet contre stylet... jusqu'à la mort de l'un des deux.

TORRENO, avec un cri de joie.

Ah ! tu ne m'abuses point ?

PEREZ.

Allons, décide-toi. (On entend du bruit au-dehors.) Quel est ce bruit?... On vient... Le roi !...

<h1 style="text-align:center">SCÈNE IV.</h1>

LES MÊMES, LE ROI, entrant vivement, UN OFFICIER
ET DES GARDES dans le fond.

ALPHONSE.

Ah ! l'entretien a été long !... Eh bien ! a-t-il parlé ?

PEREZ.

Non, sire...

ALPHONSE.

Ce qu'il a caché à Perez, il ne le cachera peut-être point à Alphonse... Je l'interrogerai moi-même.

PEREZ.

Je souhaite, sans l'espérer, que votre majesté soit plus heureuse que moi.

ALPHONSE.

Oh! si je ne réussis point, tu sais, Perez, qu'il y a dans les cachots de Sarragosse des moyens sûrs pour forcer un coupable à révéler ses complices. Fais-y conduire Torreno.

PEREZ.

Oui, sire. (*A Torreno.*) Je tiendrai ma promesse.

ALPHONSE.

Ensuite tu viendras m'avertir du retour des courriers que j'ai envoyés à la recherche de Paghita. C'est pourtant toi qui l'a laissée fuir.

PEREZ.

Je ne sais.... Un heureux pressentiment me dit que vous la reverrez.

ALPHONSE.

J'accepte votre prédiction, marquis de Villaflor. (*Il lui donne sa main à baiser.*)

PEREZ, *à part, en sortant.*

Torreno, à ce soir la liberté.

TORRENO.

Et des armes. (*Ils sortent ensemble.*)

SCÈNE V.

ALPHONSE, *seul.*

Fripon ou honnête homme, lequel des deux?.... M'a-t-il servi? m'a-t-il trahi, au contraire? Quel intérêt avait-il à faire échapper Paghita?

N'importe, si je revois cette jeune fille, je tâcherai d'éclaircir mes soupçons. Je sens que mon honneur est intéressé à ce que je la retrouve..., dussé-je ensuite la rendre à celui qu'elle préfère, et assurer leur bonheur.

(Après une pause.)

Ce serait une vengeance digne des beaux jours du règne d'Alphonse... Autrefois je n'aurais pas hésité... Allons, ne vais-je pas à présent, moi pécheur endurci, me donner des leçons de morale... Il ne me manquerait plus que d'aller en pèlerinage vers quelque saint célèbre de mon pieux royaume, ou d'épouser la princesse de Castille par pénitence... Eh !... je serai bien obligé d'en venir là tôt ou tard... On murmure.... Cette alliance est nécessaire au repos de l'État... La reine-mère l'exige... Mais que veut-on ?

SCÈNE VI.

LE ROI, LE CAPITAINE DES GARDES.

LE CAPITAINE.

Sire, une lettre pour votre majesté.

ALPHONSE.

Donnez. *(Le Capitaine sort.)*

SCÈNE VII.

ALPHONSE, *seul et ouvrant la lettre.*

Elle est du père Joseph, mon confesseur. Ah ! je crois que mes soupçons vont être enfin éclaircis.... Voyons. *(Lisant haut.)* « Sire, » je dois ouvrir les yeux de votre majesté sur la conduite d'un » homme qui abuse indignement de votre confiance. Hier, à l'auberge » de la vieille Pinchilla, votre barbier Perez conspirait avec les ré- » voltés. Il leur avait promis votre mort : ses fonctions près de vous » devaient lui fournir les moyens d'exécuter sa promesse. » *(Parlé.)* Quelle horreur !... En effet..., je me souviens maintenant de mille circonstances... Continuons. *(Lisant.)* « La haine qu'il vous portait, » sire, avait pour motif l'amour dont vous poursuiviez Paghita, sa » fiancée. » *(Parlé.)* Ah ! Paghita était sa fiancée ! Ceci explique tout. *(Lisant.)* « Cette jeune fille, ma pénitente, effrayée du péril que » court Torreno, rival préféré de Perez... » *(Parlé.)* Bon ! je sais..., l'homme du rendez-vous... *(Lisant.)* « M'a confié ce secret, que je » m'empresse de transmettre à votre majesté. » Cette accusation est précise ; elle change mes doutes en certitude. Oui, je me rappelle.... la fuite inconcevable de Paghita, l'embarras de Perez..., le mouvement convulsif qui agitait sa main au moment.... Ah ! monsieur le barbier, vous vouliez me couper le cou... C'était un moyen expéditif pour débarrasser mes ennemis de moi.... Mais vous ne vous doutez guère de ce qui va vous arriver... Ah! le voici, nous allons voir.

SCÈNE VIII.

ALPHONSE, PEREZ.

PEREZ, *sans le voir.*

Tout est prêt pour la fuite de Torreno.

ALPHONSE, *à part.*

Il niera tout... Pour l'éprouver, si je lui disais que j'ai revu Paghita.

PEREZ.

Ah! sire, c'est vous : quelques-uns des courriers sont arrivés... Aucune nouvelle... Rien.

ALPHONSE.

Je le sais.

PEREZ.

Croyez que je suis désolé...

ALPHONSE.

Je n'en doute pas... (*Lui frappant sur l'épaule*). Eh bien ! rassure-toi... Paghita est retrouvée.

PEREZ.

Pas possible.

ALPHONSE.

Oui, mon cher, pendant que l'on courait après elle, la pauvre enfant venait ici de son propre mouvement, et sollicitait une en- trevue avec moi.

PEREZ, *avec un rire forcé.*

Vraiment?...

ALPHONSE.

Je suis bien sûr que cela te contrarie?

PEREZ.

Moi, au contraire.

ALPHONSE.

Conviens-en... Tu aurais préféré me la ramener... Oh ! n'im- porte... Je t'en ai la même obligation ; l'intention y était. Sois tranquille, j'aurai soin de toi.

PEREZ.

Pardon, mais cela paraît si incroyable...

ALPHONSE.

Incroyable... C'est pourtant bien naturel... (*A part.*) Comme il se trouble !

PEREZ.

Ainsi, votre majesté n'a plus aucun désir à former ?

ALPHONSE.

Non.

PEREZ, *à part.*

Ah ! si j'osais, je me trouverais mal.

ALPHONSE.

Cette jeune fille est un ange.

PEREZ.

Hein ?

ALPHONSE.

Elle m'a demandé des fers, la mort, plutôt que le déshonneur.

PEREZ.

Et vous, sire ?...

ALPHONSE.

Je lui ai pardonné.

PEREZ.

Pardonné seulement ?

ALPHONSE.

Oh non ! c'eût été peu généreux... Elle est libre, et son fiancé pourra sans rougir la nommer sa femme.

PEREZ, *à part.*

Son fiancé ? elle serait à moi !

ALPHONSE, *à part.*

Oui, oui, réjouis-toi, mon drôle.

PEREZ.

Sire, son fiancé vous bénirait.

ALPHONSE.

Oui, c'est ce qu'elle me disait tout à l'heure.

PEREZ.

Ah ! elle disait cela.

ALPHONSE.

Oui... et d'autres choses encore.... Par exemple, qu'il fallait récompenser les sujets fidèles, et punir les ingrats.

PEREZ.

Certainement.

ALPHONSE.

Ce n'est pas toi, marquis, ce n'est pas toi qui seras jamais un ingrat.

PEREZ.

Oh non, sans doute!

ALPHONSE.

Ni un traître.

PEREZ.

Encore moins.

ALPHONSE.

Je sais à quoi m'en tenir là-dessus.

PEREZ.

Votre majesté est bien bonne.

ALPHONSE.

Non, non, vrai... Aussi je voudrais trouver quelque faveur éclatante, d'un genre tout-à-fait nouveau, et qui excitât l'envie et l'ambition de ces grands si orgueilleux.

PEREZ.

Sire, vous avez déjà tant fait!

ALPHONSE.

Attends donc... Si je te faisais prince, ministre... Non, plus tard... Et puis, c'est commun; c'est ce qu'on fait pour tout le monde... Il faudrait une récompense inattendue... inouïe... Ah!.. j'y suis... Oui, c'est cela.

PEREZ.

Quoi donc, sire?

ALPHONSE.

Une idée bouffonne, extravagante; mais au moins tu seras le seul.

PEREZ.

Je n'y suis pas.

ALPHONSE.

Pour un moment, je me ferai ton égal... moins que ton égal.

PEREZ.

J'ai pourtant de l'intelligence... Eh bien ! je cherche encore.

ALPHONSE.

Écoute donc... Jusqu'ici tu as rempli auprès de moi, en brave et digne serviteur, les fonctions délicates de barbier.

PEREZ.

Oui, sire.

ALPHONSE.

Et je dois te rendre cette justice... jamais une égratignure.

PEREZ.

Ah, sire ! qui oserait se permettre de couper votre majesté ?

ALPHONSE.

Oh ! ce n'est pas toi... Eh bien ! la charge que tu exerces tous les jours près de moi, je veux te faire l'honneur aujourd'hui de l'exercer à mon tour.

PEREZ.

Quoi, sire !

ALPHONSE.

Oui, l'opération que tu fais sur notre menton royal, je veux l'essayer sur ton cou roturier.

PEREZ.

Mais, sire, on criera au scandale.

ALPHONSE.

Tant mieux.... Va chercher tout ce qu'il nous faut. (*Il montre la chambre de côté.*)

PEREZ.

Oui, sire, mais vous n'y pensez pas. (*Il pose tout sur la table.*)

ALPHONSE.

Tout le monde va venir, prépare-toi.

PEREZ.

Sire.... je suis si confus.... (*Il entre dans la chambre et en rapporte ce qu'il faut.*)

ALPHONSE.

Faut-il que je me fâche ? Allons, commande.

PEREZ.

Je commande... une chaise. (*Le roi l'approche.*) Ma serviette. (*Le roi la lui donne.*) Repassez bien doux.... j'ai l'épiderme extrêmement délicat. (*Il s'arrange la serviette autour du cou.*)

ALPHONSE.

A la bonne heure, je suis content. (*Repassant ses rasoirs.*) Voici une fine lame d'acier. Sais-tu qu'un roi est bien exposé!... se trouver tous les jours entre les mains d'un homme qui d'un seul coup...

PEREZ.

C'est vrai; mais ordinairement on est bien sûr de la moralité de son barbier.

ALPHONSE.

Oh! certainement... Pourtant on m'a conté qu'un certain barbier voulut un jour, par trahison, par jalousie.... couper la gorge à son maître auquel il devait tout.

PEREZ.

Vraiment?... Oh! le traître!...

ALPHONSE.

Heureusement le courage lui manqua, ou l'occasion....

PEREZ, *à part.*

Comme il me regarde donc!

ALPHONSE.

Ta serviette est mise, bon.... Imagine-toi que le malheureux barbier croyait qu'on ne saurait rien, et que tout était fini...

PEREZ, *à part.*

Jamais je ne lui ai vu un air semblable. (*Il s'assied.*)

ALPHONSE.

Mais voilà, dit l'histoire, que le prince apprend tout.

PEREZ.

C'était un prince? (*Il laisse tomber la serviette; Alphonse la rattache.*)

ALPHONSE.

Oui, oui. Mais prends donc garde.... Le prince sait tout, et voulant se venger du coquin de barbier, il a précisément l'idée qui vient de m'arriver.... le roi....

PEREZ.

C'était un roi?...

ALPHONSE.

Le roi se fait barbier, et punissant le méchant serviteur par où il a péché, il lui coupe le cou sans pitié.

PEREZ, *se levant.*

Il lui coupe le cou!...

ALPHONSE.

Oui, mon cher marquis.... Hein! j'espère que je ne remplis pas trop mal mes nouvelles fonctions, pour un roi...; j'ai à la fois l'adresse, la dextérité du barbier, et l'historiette qui fait prendre patience à la pratique.

PEREZ.

C'est très-original, certainement.... (*A part.*) Mon Dieu, comme il repasse!

ALPHONSE.

Eh bien! tu t'es levé.... allons, sur la chaise... vite; vite, le rasoir a le tranchant le mieux affilé.... allons donc.

PEREZ.

C'est que je réfléchissais que la plaisanterie... jusque-là, c'était très-bien... mais que le peu d'habitude....

ALPHONSE, *prenant un ton terrible.*

Oh! ma main ne tremblera pas.

PEREZ.

Je le crois.... mais pousser jusque-là l'honneur que vous voulez me faire..... Sire, j'ai un barbier, permettez que j'appelle mon barbier.....

ALPHONSE.

Il faut en finir à l'instant même.

PEREZ.

Quoi! sire..... sérieusement....

ALPHONSE.

Mettez-vous là, M. de Villaflor.... je le veux.

PEREZ.

Vous le voulez.... je crois vous comprendre.

ALPHONSE.

Pour que tu me comprennes tout-à-fait, faut-il que j'appelle le père Joseph?

PEREZ.

Le père Joseph!.... c'est lui qui m'a dénoncé, lui que j'avais
épargné par égard pour son saint caractère.

ALPHONSE.

Quoi! mon confesseur....

PEREZ.

Était aussi de la conspiration.... et il se sauve à mes dépens, le
saint homme.... : quant à moi, autant le rasoir que la corde...
Voyez.... je n'ai plus peur.

ALPHONSE.

Tu es donc prêt à mourir ?

PEREZ.

Oui, mais vous m'écouterez auparavant.

ALPHONSE.

M. le marquis de Villaflor voudrait-il chercher à s'excuser?

PEREZ.

Pour sauver ma tête!... Non, sire; mais je ne mourrai pas sans
vous avoir dit la vérité. Si je suis coupable, si j'ai trahi votre confiance, à vous seul en est la faute.... oui, à vous seul, car j'étais
fidèle et dévoué, et vous m'avez rendu parjure et traître.

ALPHONSE.

Moi?

PEREZ.

Vous! j'aimais de toutes les forces de mon âme. J'avais placé
dans Paghita ma joie, mon bonheur, mon avenir..... Pour Paghita,
j'aurais donné les richesses dont vous m'avez comblé, les honneurs
dont vous m'avez revêtu, votre couronne, sire, si je l'avais eue.
Vous m'avez enlevé ma fiancée... Vous ignoriez qu'elle dût m'être
unie, répondrez-vous. Oh! vous l'auriez su, que vos désirs n'en au-
raient été que plus ardens et ma perte plus certaine. Eh bien!
désespéré, hors de moi, en proie à une fièvre délirante, ma raison
s'est égarée, une haine violente a remplacé l'attachement sans borne
que je vous avais voué, l'occasion de me venger de vous s'est of-
ferte, je l'ai saisie : je n'ai qu'un regret, c'est que ma main ait
tremblé.

ALPHONSE.

Oui, oui, tu as eu peur.

PEREZ.

Peur et pitié.... pitié surtout... car je vous aimais, moi : il y avait
au fond de mon cœur pour vous un vif et sincère attachement...

ALPHONSE.

Ah! maintenant que tu sens que ma vengeance approche, cet
attachement vif et sincère te revient, n'est-ce pas?... tu as peur
encore.

PEREZ.

Je puis me sauver!

ALPHONSE.

Tu n'espères sans doute pas que je t'accorde ta grâce.

PEREZ.

Ce sera fait dans une minute, si je veux... le temps d'écrire un
nom sur ce papier... (*Il tire le blanc-seing que lui a remis le roi
au deuxième acte.*)

ALPHONSE.

Ah! damné barbier, tu n'a pas rempli ce blanc-seing?

PEREZ.

Qu'y aurais-je mis? un titre de comte ou de duc, un don de
châteaux et de seigneuries volé à l'un des malheureux proscrits d'Alphonse? qu'est-ce que cela auprès de la vie?

ALPHONSE.

Rends-moi ce papier.

PEREZ.

Il m'appartient.

ALPHONSE.

Rends-le-moi, te dis-je. (*Il va pour s'en saisir; Perez le place
sur la table, et pose la main dessus en regardant Alphonse.*)

PEREZ.

Il m'appartient... n'est-ce pas la récompense des services du
barbier? n'y a-t-il point là, sire, souvenez-vous-en bien, votre
signature et votre sceau royal? (*Il prend une plume et écrit.*)

ALPHONSE *avec fureur.*

Qu'écris-tu là?

PEREZ.

Un pardon.

ALPHONSE.

Pour toi?

PEREZ, *lui montrant le blanc-seing.*

Lisez.

ALPHONSE, *lisant.*

« Nous, Alphonse, roi d'Aragon, nous faisons grâce pleine
» et entière... à Torreno. »

PEREZ.

Au bas, signé Alphonse, roi d'Aragon, avec votre sceau royal...
C'est sacré...Vous êtes surpris, sire... Torreno est le rival de Perez...
mais il est aimé de Paghita et Perez ne l'est point. A l'un, peut
encore être douce la vie; à l'autre, elle ne serait qu'amère et cruelle...
(*Lisant le papier.*) Voyez, ce n'est pas seulement un pardon que
vous accordez à Torreno, c'est la main de ma fiancée, de ma Paghita...
et maintenant, si vous hésitiez, j'appellerais à haute voix vos grands
d'Aragon et je vous dirais en leur présence : « Sire, puisque vous ne
tenez pas votre parole, déchirez cette sainte promesse signée Alphonse,
et couverte de votre sceau royal. »

ALPHONSE.

Très-bien, admirable, vraiment, d'énergie et d'éloquence; mais,
mon Dieu, tu aurais pu me dispenser d'entendre ta courageuse
harangue. Tu n'as pas besoin de tant me presser pour faire grâce à
Torreno, et pour lui donner ta fiancée...; c'était mon intention, et je
vais te le prouver à l'instant même. (*Il appelle.*) Quelqu'un! (*Un
officier entre.*) Qu'on amène ici Torreno. (*L'officier sort.*) Quant
à vous, maître barbier, par Saint-Jacques, je ne vous pardonnerai
pas; vous, et le révérend père Joseph, vous paierez pour tout le
monde.

(*Ici on entend derrière le théâtre les cris :* Vive Alphonse!
vive la reine-mère! vive Isabelle !)

ALPHONSE.

Hein! qu'est cela? (*Les rideaux qui séparent le palais en deux
s'ouvrent et laissent voir un grand escalier et des galeries où
monte la foule du peuple et des seigneurs, aux cris nouveaux de :*
Vive la reine-mère! etc., etc.) Que me veut-on?... Le cardinal!
oh! j'y suis.

SCÈNE IX et dernière.

LES MÊMES, PEUPLE, NOBLES, LE CARDINAL, LE père
JOSEPH, PEREZ, TORRENO, *avec des Gardes.*

LE CARDINAL.

Sire, la reine-mère et la princesse Isabelle attendent au bas du
grand escalier que votre majesté vienne les recevoir.

ALPHONSE, *à lui-même.*

Allons, la reine-mère n'en aura pas le démenti. (*Aux nobles.*)
Messieurs, aujourd'hui, la princesse Isabelle sera reine d'Aragon.

PEREZ, *vivement.*

Sire, je vous remercie. Le jour du mariage d'un roi, il y a grâce
pour tous les condamnés. Torreno, voici la tienne, et Paghita est
ta fiancée.

ALPHONSE.

Grâce de la vie, je le sais ; mais je n'en dois pas moins te punir,
ainsi que ce digne révérend.

LE PÈRE JOSEPH.

Ah, mon Dieu !

ALPHONSE.

Écoutez...... Vous, vous n'avez pas de pénitent depuis que je
règne ; je vais vous en trouver un. Perez, tu iras tous les soirs
te confesser au père Joseph.

PEREZ.

Sire, que voulez-vous que je lui dise ?

ALPHONSE.

Ce qu'il te plaira. Mais comme je tiens à ce que tu fasses ton
salut, le révérend t'infligera tous les soirs.... et cette clause est de
rigueur, telle pénitence qui lui conviendra ; par exemple, deux,
trois, ou quatre jours de jeûne.

PEREZ.

C'est à me tuer : j'ai la santé si délicate !

ALPHONSE.

Pour toi, Perez, ton tour viendra le matin. Je défends au révérend de paraître à ma cour sans avoir la barbe faite..... et faite par
toi..... (*Au père Joseph.*) Voyez-vous, mon cher directeur, je le
renvoie parce que maintenant la main lui tremble, et que sa raison
est parfois troublée à un point..... Je vous conseille de vous bien
tenir.

LE PÈRE JOSEPH, *avec effroi.*

Ah! sire......

PEREZ, *au père Joseph.*

Eh bien! père Joseph, ça vous va-t-il?

LE PÈRE JOSEPH.

Ma foi non.

PEREZ.

Ça vaut pourtant encore mieux que d'être pendu.

ALPHONSE.

Allons, allons, arrangez-vous ensemble..... M. le cardinal, pré-
cédez-moi...... Mes jeunes seigneurs, venez avec votre roi rendre
hommage à la reine-mère et à la princesse de Castille..... Vous avez
des plaintes à m'adresser. Je les écouterai sans impatience; vous
serez content de moi. (*Il va vers le fond.*)

LE PÈRE JOSEPH, *à Perez, tirant une discipline de sa poche.*

Mon fils, je vous attendrai ce soir à mon confessionnal.

PEREZ, *lui montrant sa boîte à rasoirs.*

Mon père, j'irai chez vous demain matin.

(*Les cris de vive Alphonse! vive la reine-mère! etc., etc.,
recommencent. Le canon gronde au-dehors.*)

FIN.

www.ingramcontent.com/pod-product-compliance
Ingram Content Group UK Ltd.
Pitfield, Milton Keynes, MK11 3LW, UK
UKHW021155220726
13924UKWH00003B/1144